Briefe an Zoe

Garrett Buhl Robinson

Briefe an Zoe

Eine Novelle

Aus dem amerikanischen Englisch
von Katharina Bera

Dieses Buch ist
meiner Mom und meinem Dad gewidmet,
die mich niemals aufgegeben haben.

Briefe an Zoe

Liebe Zoe,

falls Du gehört hast, dass ich weg bin, fragst Du Dich vielleicht warum, aber vielleicht schmeichle ich auch nur mir selbst, indem ich glaube, dass es Dich interessieren würde oder dass Du es überhaupt bemerken würdest, wenn ich nicht mehr da wäre.

– Warte. Ich will diesen Brief nicht so beginnen. Ich will diese Seite aus meinem Notizbuch und damit auch aus meinem Leben reißen und sie der Vergessenheit überlassen, ich will ignorieren, dass ich mich für einen weiteren Fehler schäme, aber ich habe nur dieses eine Notizbuch und jede Seite ist kostbar. Ich kann nichts ungeschehen machen, was ich bereits getan habe, aber vielleicht kann ich mit dem, was bleibt, sagen, was ich wirklich fühle, statt voreilig und impulsiv mit diesem Unsinn herauszuplatzen. Daher, falls Du das hier noch immer liest, sei so gut und lass mich noch einmal von vorn anfangen.

Also, ich bin gegangen. Ich weiß nicht genau wieso. Meine erste Vermutung ist, dass ich vor etwas davonlaufe. Falls dem so ist, so kann ich nur vor mir selbst davonlaufen. Ich dachte, dass ich vielleicht versuchen würde, zu irgendetwas oder irgendwohin zu laufen, aber ich habe nicht die leiseste Ahnung, was oder wo das sein könnte. Ehrlich gesagt, glaube ich, dass ich einfach nur laufen und in die weite Welt hinaustreiben wollte.

In meinem Leben wurde mir alles zu viel. Ich fühlte mich wie verheddertes Garn, ein Faden, der auf unentwirrbare Weise verknotet war. Ich habe an dem Wirrwarr gezogen, doch anstatt die Knoten zu lösen, habe ich sie nur noch fester gemacht. Ich fühlte mich erstickt von meiner eigenen Einengung. Jetzt lebe ich seit einigen Wochen draußen, stehe unter freiem Himmel, sehe die Sonne vorüberziehen, und der beruhigendste Anblick, den ich je gesehen habe, ist der sich endlos erstreckende Highway vor mir.

Der Highway verläuft selten gerade, doch er verknotet sich nicht. Er dehnt sich in jede Richtung weiter aus, als ich sehen kann, verschwindet hinter Kurven und Biegungen, löst sich in dichten Wäldern auf, klettert Gebirgskämme hinauf und entschwindet am Horizont in den Himmel und das gibt mir Trost. Es gibt mir die Hoffnung, dass es noch etwas jenseits meines eigenen Durcheinanders gibt.

In der Nacht, in der ich die Stadt verlassen habe, lief ich über den Güterbahnhof nach Irondale. Ich habe jetzt keinen Zweifel mehr, warum sie es Irondale, also Eisental, nennen. Überall laufen Gleise, verbunden durch Weichen, zusammen und auseinander. Das Gewicht des Stahls scheint das Tal weiter abzusenken, den Boden durch die Last der Fracht zusammenzupressen und die umliegenden Hügel, die von den Loks zur Seite geschoben wurden, nach oben zu drücken. Einige einsam verlaufende Gleise, reduziert auf ein Paar, das auf die Balken der Schwellen genagelt ist, ein wenig rostig an den Seiten, jedoch blankpoliert, wo Massen von Zügen hinübergerollt waren, reißen sich los und erstrecken sich in die Ferne.

Ich entdeckte einen Kohlezug, der durch den Güterbahnhof fuhr. Während ich ihn vorbeifahren sah, wartete ich auf einen geeigneten Waggon zum Aufspringen. Ich erwartete, dass ein Güterwagen mit einer einladend offen stehenden Tür, wie im Film, um die Ecke kommen würde, aber das geschah nicht. Mir wurde klar, dass ich, wenn ich auf einen Personenwagen warten wollte, einen anderen Bahnhof finden musste. Diese Waggons hatten weder Fenster noch gepolsterte Sitze. Sie hatten Güter geladen. Ich entschied mich also aufzuspringen, wo ich konnte, denn der Zug nahm an Fahrt zu und schon bald würde er zu schnell für mich sein, um meine Mitfahrgelegenheit zu sein.

Ich stolperte neben den Gleisen entlang, während meine Tasche auf meiner Schulter auf und ab hüpfte. Sie war vollgestopft mit einem Haufen Kram, von dem ich dachte, dass ich ihn brauchen würde, das vollgestopfte Durcheinander meines Lebens, an das ich mich klammerte. Die beiden Tragegriffe der Tasche rafften den Stoff meines Hemdes zusammen und schnitten mir in die Haut. Das sperrige Ding zerrte an mir und zog mich nach hinten. Jeder Schritt, den ich machte, rutschte auf dem losen Kies weg. Das ganze Unterfangen schien mir absurd und lächerlich. Ich stellte mir vor, wie ich hinfallen würde und die stählernen Räder des Zuges mich halbieren würden, ohne dass mein Körper auch nur das geringste Holpern unter ihnen verursachen würde. Diese Räder bewegen sich mit dem besinnungslosen und unbarmherzigen Charakter einer Maschine vorwärts und die einzige Güte, auf die man hoffen kann, ist der umsichtige

Verstand des Lokführers. Dann bekam ich die Leiter zu fassen und der Zug hatte mich. Er trug mich davon. Ich verlor den Boden unter meinen Füßen. Ich fühlte Euphorie in mir aufsteigen. Ich fühlte mich, als würde ich fliegen. Ich fühlte mich frei.

Der Zug war riesig. Eine lange Kette von geschraubtem und genietetem Stahl und Tonnen über Tonnen von Kohle. Die Waggons wirkten wie eine lange, freiliegende Wirbelsäule. Ich fühlte mich, als würde ich Schichten meiner Haut abwerfen. Im groben Kohlenstaub fühlte ich mich, als würde ich mit Schleifpapier blank geschliffen. Sobald der Zug langsamer wurde, knackte der Kohlengrus empfindlich in den Kupplungen, wenn sie gegeneinanderstießen. Das Geräusch begann am Zugende und breitete sich schließlich bis zu mir und unter meinen Füßen aus, während ich auf der Plattform über den Bremsen saß. Ich sah die Kupplungen unter mir, den winzigen Spalt dazwischen, der plötzlich verschwand, sodass Stahl gegen Stahl gedrückt wurde. Und dann breitete sich das Geräusch bis ganz nach vorn zur Lokomotive aus. Es war wie das langsame Knacken einer Wirbelsäule. Es wirkte, als würde sich etwas anspannen, zusammenziehen und verdichten, um sich dann einen Moment später wieder zu entspannen. So viel, das sich in mir angesammelt hatte, schien von mir abzufallen und der Vergangenheit anzugehören.

Die ganze Fahrt über schien es, als ob es immer geradeaus gehen würde. Ich wusste, dass der Zug sich um Biegungen schlängelte, denn ich sah, wie der Mond sich über den Himmel bewegte, aber von dort, wo ich saß, konnte ich keine Kurven ausmachen. Ich zögerte, meinen Kopf über den Rand der Waggons hinauszustrecken, denn ich hatte Angst, ich könnte ihn plötzlich verlieren. Ich konnte nur einen schmalen Streifen vorüberziehender Bäume sehen, die durch die Geschwindigkeit verschwommen, während der Zug quietschend und klappernd durchs Land fuhr.

Ich kann noch immer die Stimme meines Vaters hören. Er war aufgewacht, als ich ging. Als ich durch den Garten lief, der Abendtau im Mondlicht glitzerte und meine Füße eine Spur durch die Kristalltropfen der Rasenfläche zogen, hörte ich ihn rufen: „Weldon! Weldon! Wo willst du hin?" Ich wusste nicht, was ich sagen sollte. Er konnte genau sehen, dass ich seine alte Armeetasche dabei hatte und dass ich entschlossen war, zu gehen. Ich wurde nicht langsamer, ich sah nicht zurück, ich weiß nicht, ob er mich gehört hat, ich rief nur: „Weg."

Der Zug hielt an einem Kraftwerk. Ein Bahnarbeiter lief an den Gleisen entlang. Durch den sich legenden Staub der Kohle bewegte sich der Strahl seiner Taschenlampe mit seinen Schritten hin und her. Ich schlüpfte auf der anderen Seite raus und versteckte mich im Schatten. Hinter mir konnte ich das Kraftwerk sehen. Es sah aus wie eine Festung mit turmhohen Schornsteinen, die sich in den Nebel aus Lichtern erhoben, es zischte und pfiff, während es im Innern zu kochen schien. Ich denke, es hatte auch sein Gutes, dass der Typ den Zug kontrolliert hat. Wenn ich mich noch auf dem Zug befunden hätte, während die Waggons ihre Ladung auskippen, hätte der dichte Staub der Kohle meine Lunge verstopft und mein Funke wäre im Keim erstickt worden.

Ich will Dich mit diesen Details nicht langweilen. Der Grund, warum ich Dir schreibe, ist nicht, um Dir zu beschreiben, was ich mache. Ich wollte Dir schreiben, weil ich besorgt war, dass Du glauben könntest, dass ich Deinetwegen gegangen bin. Ich hoffe, das ist nicht schon wieder eine anmaßende Vermutung. Wir kennen uns seit Jahren und sind enge Freunde. Es ist schon komisch, Du warst immer mit Ray zusammen und ich mag Dich schon seit so langer Zeit, wollte mich aber nie in das einmischen, was Ihr beide miteinander hattet. Ich wollte mich nie der Beziehung, die Ihr miteinander geführt habt, aufdrängen.

Das hat sich jetzt geändert. Den letzten Abend, an dem wir zusammen aus waren, habe ich sehr genossen. Ray war weg und ich denke, wir hätten uns auf eine andere Art kennenlernen können als jemals zuvor. Glaub mir, ich wollte das mehr als alles andere. Verzeih mir, wenn ich erneut anmaßend bin, aber ich hatte das Gefühl, dass es Dir genauso ging. Ich hatte nicht vor, Dir in den letzten Jahren die kalte Schulter zu zeigen. Na ja, ich nehme an, genau das habe ich, aber nicht, weil ich Dich nicht mochte. Ich mag es nur nicht, mich in die Beziehungen anderer Leute einzumischen. Ich möchte die Verbindung zwischen Menschen stärken, möchte helfen, Menschen zusammenzubringen und einander besser zu verstehen, und ich wusste nicht, wie ich dazu jemals fähig sein könnte, wenn ich bereit wäre, die Bande zwischen zwei Menschen zu zerstören, die ich gut kenne und die mir etwas bedeuten.

Der Abend, an dem wir aus waren, war wundervoll. Ich war überrascht, dass Du bereit warst, mit mir auf den Aussichtsturm zu klettern. Von dort hat man den schönsten Ausblick auf die Stadt, aber alles, was ich ansehen wollte, warst Du. Alles andere war nur die Kulisse für Deine Schönheit. Ich bin diesen Turm bestimmt schon hundertmal hinaufgeklettert, aber ihn mit Dir hinaufzuklettern, war unvergleichlich. Ich hatte das Gefühl, wir würden auf die Flugzeuge hinabsehen, die in den Himmel emporstiegen. Als wir uns an den Händen hielten, fühlte es sich an, als würden sich Flügel unter uns entfalten. Es war wundervoll.

Jetzt jedoch ist mein Ausblick alles andere als romantisch. Ich habe mein Lager in einem riesigen Entwässerungsgraben im Süden Kaliforniens aufgeschlagen. Vor Kurzem gab es hier Sturzfluten, offenbar recht heftige. Überall liegt Geröll. Der Mann, der mich hierher mitgenommen hat, hat mich vor den Fluten gewarnt. Er meinte, dass ich es meistens nicht einmal ahnen würde, wenn sie kämen, da der Regen in den Bergen fällt. Alles was man sehen kann, ist das Zucken der Blitze in der Ferne. Doch dann hört man das Donnern der herunterstürzenden Wassermassen, die Baumstämme durcheinanderwirbeln und Geröll mit sich reißen.

Ganz in der Nähe gibt es einen Vergnügungspark. Ich kann die oberen Teile der Achterbahnen sehen. Manchmal höre ich die fröhlichen und heiteren Schreie, wenn die Wagen auf dem Weg nach unten an Geschwindigkeit zunehmen, dann zum Scheitelpunkt hin wieder langsamer werden und das wieder und wieder, ein Pulsschlag, der zum Ende hin abnimmt. Dann wende ich meine Augen von den Bannern ab, die in der Ferne flattern, und meine Ohren entziehen sich dem Gelächter, das mit dem Wind herübergeweht wird, und alles, was ich um mich herum sehe, ist das Chaos der Fluten, jede Menge Bäume, die von den Hügeln gerissen wurden und gegen Brückenpfeiler gekracht sind, das Gemetzel der Überschwemmung, die Trümmer der Katastrophe. Ich mag es jedoch, in der Nähe des Parks zu sein, auch wenn ich auf der anderen Seite des Zaunes bin. Es gibt mir Trost, mitzuerleben, wie andere Menschen das Leben genießen. Sie erinnern mich daran, dass es möglich ist.

Dein Freund,

Weldon

Liebe Zoe,

ich denke die ganze Zeit über an Dich. Versteh das bitte nicht falsch. Es ist nicht so, dass ich nicht ohne Dich leben könnte. Ich kann einfach nicht anders. Jedes Mal, wenn ich etwas Schönes sehe, denke ich an Dich. Jedes Mal, wenn ich mich allein fühle, denke ich an Dich. Die Erinnerungen an Dich beruhigen mich. Sie geben meinem Leben eine Art Beständigkeit. Dein Bild habe ich fest vor Augen, während auf dem Highway ständig alles an mir vorüberzieht. Doch ich bin glücklich, vielleicht sogar glücklicher als ich es je war. Sich von etwas zu befreien, ist ein berauschendes Gefühl.

Neulich zog ich meine Schuhe und Socken aus, um ganz bewusst mit nackten Füßen über den bloßen Erdboden zu laufen. Ich kann mich nicht erinnern, wann ich das das letzte Mal getan habe. Normalerweise war der kühle Erdboden außerhalb meiner Reichweite. Er war mit Schichten von Beton und Asphalt bedeckt, während ich von Gebäuden umschlossen war, hinter zuschlagenden und verschlossenen Türen. Auch ich selbst war in Schichten von Kleidung gehüllt, mit Knöpfen zusammengerafft, von Reißverschlüssen umschlungen und mit Gürteln zusammengeschnürt. Ich würde mich aus Gründen der Bequemlichkeit, des Anstands und der Mode kleiden, während ich in meinen profilierten Gummisohlen schlurfte und quietschte. Ich möchte die Welt berühren und die Welt fühlen, wie sie ist, vielleicht fange ich dann an, mich mehr wie ein Teil von ihr zu fühlen.

Dennoch, allein am Straßenrand zu stehen, gibt mir ein Gefühl von Verlust und Vertreibung. Der Straßenrand ähnelt sehr dem Leben, das ich kenne. Ich bleibe stehen und sehe die Hitze über dem Asphalt flimmern, während eine Person nach der anderen in ihren eingekapselten Leben an mir vorbeizischen. Es gibt so viele Geheimnisse, so viel Unbekanntes in jedem Einzelnen von uns. Für mich ist jede dieser Begegnungen faszinierend und verlockend, doch unsere Leben kreuzen sich oft nur kurz und die Barrieren und Mauern, die uns umgeben, scheinen meist unüberwindbar zu sein.

Zur Zeit ist mein einziges Mittel, um Neugier und Interesse zu wecken, damit irgendjemand anhält und mich mitnimmt, der Anblick der Verzweiflung. Mein einziges Mittel ist das Mitleid anderer. Ich habe meine Existenz vom Mitgefühl anderer für eine einsame, entlang des ausgedörrten Highways gestrandete Person abhängig gemacht. Mit meinem ausgestreckten Daumen in der Luft sehe ich oft an mir selbst herunter und sehe schmutzige Kleidung, die an einer rätselhaften Gestalt herunterhängt. Ich fühle mich wie eine andere Person.

Ich habe darüber nachgedacht, wie wir uns normalerweise einander vorstellen. Ich habe mal gehört, dass sich Leute oftmals innerhalb der ersten Sekunden, in der sie eine Person treffen, eine Meinung über sie bilden. Das scheint mir jedoch absurd. Ich weiß aus eigener Erfahrung, dass die Momente in denen ich am wenigsten ich selbst bin, peinliche Momente des einander Vorstellens sind. Die fremde Person trifft mich nicht, wie ich bin, sondern wie ich mich präsentiere. Statt mich in einer offenen und gelösten Stimmung anzutreffen, werde ich als verschlossen und misstrauisch wahrgenommen. Diese Person trifft nicht mich, diese Person trifft auf ein verzerrtes Spiegelbild von mir.

Dies hat mich über eine bestimmte Art und Weise, wie ich mich in verschiedenen Situationen verhalte, nachdenken lassen. Ich fand es immer seltsam, dass ich, wenn ich zwei unterschiedliche Menschen treffe und an einem der beiden besonders interessiert bin, meine Aufmerksamkeit oftmals auf die Person richte, an der ich weniger Interesse habe. Vielleicht tue ich das, damit ich mich indirekt selbst zur Schau stellen kann und mich in einer Situation zeigen kann, in der ich mich vollkommen entspannt und normal fühle. Aber dann wird mein Verhalten mehr zu einer Vermeidung von Unbeholfenheit als zu einem Ausdruck meines Interesses. Es ist, als würde ich meine Interessen verfolgen, indem ich sie aufgebe, als ob alles, was ich im Leben anstrebe, nur auf Umwegen erreicht werden kann und Direktheit nur jede Hoffnung auf Verbindlichkeit vertreiben würde.

Während ich das schreibe, frage ich mich, ob das nicht nur eine komplizierte Erklärung des eigentlichen Problems ist, das mich beschäftigt. Wie schon gesagt, ich denke oft an Dich und ich empfinde viel für Dich. Aber während ich mich das frage, und noch viel wichtiger, während ich es weiß und ich es bin, zerstreuen sich meine Gedanken in die weite Ferne, die ich zwischen uns gebracht habe. Warum glaube ich, quer über den Kontinent reisen zu müssen, um in der Lage zu sein, direkt mit Dir reden zu können? Warum glaube ich, weglaufen zu müssen, um mich Dir zu nähern? Warum kann ich nur sagen, was ich wirklich fühle, wenn wir zu weit von einander entfernt sind, um einander berühren zu können?

Ich erinnere mich daran, wie Du mir von den Büchern erzählt hast, die Du gelesen hast. Als Du sie beschrieben hast, konnte ich Welten voller Wunder sehen, die sich auf fantastische Weise vor mir ausgebreitet haben. Ich weiß, dass ich Dir gesagt habe, dass ich seitdem viele der Bücher, die Du beschrieben hast, gelesen habe. Aber ich weiß nicht, ob ich Dir jemals gesagt habe, dass ich in Wirklichkeit weniger an den Büchern, oder wovon sie handeln, interessiert war, sondern vielmehr danach gesucht habe, was Dich daran fasziniert hat, was Dich in diese Seiten gezogen hat, als könnte ich so einer langen Spur in jeder Geschichte folgen und einen Abdruck Deines Lebens finden. Es war, als würden meine Fingerspitzen jedes Mal, wenn ich eine Seite umblätterte, ganz sanft eine andere Stelle Deines Lebens berühren, während ich tiefer hineintauchte.

Es ist komisch, das zu überfliegen, was ich geschrieben habe. Ich kann sehen, wie sich der Stil meiner Handschrift in manchen Abschnitten des Briefes verändert. Der Anfang wirkt steif und ungelenk, als wäre jedes Wort mühsam aus der Leere der Ungewissheit herausgemeißelt worden. Dann, als ich meinen Gedanken an Dich folge, Deine scharfen und klaren Umrisse vor meinem inneren Auge nachziehe, die Wege der Erinnerungen dessen, was sich in meinem Leben ereignet hat, entlangschlendere, ich mich mit Dir vorstelle, während ich in mir selbst suche, in der Hoffnung etwas Wahres zu finden, etwas, das es wert ist, es Dir zu zeigen, wirbelt die Spitze meines Stiftes wie der Wind und die Schrift fließt entspannt und unversehrt dahin.

Ich denke, ich werde diesen Brief jetzt in einen Umschlag stecken. In der letzten Stadt habe ich Briefmarken gekauft. In der nächsten Stadt werde ich ihn an Dich abschicken. Ich hoffe, bei Dir ist alles in Ordnung. Mir geht es gut.

Dein Freund,

Weldon

Liebe Zoe,

das Verstreichen der Zeit in diesen Briefen fühlt sich merkwürdig an. Heute Morgen habe ich den letzten Brief, den ich Dich geschrieben habe, abgeschickt, aber dieser letzte Brief enthält, was ich vor einer Woche gefühlt habe. Jetzt, da ich ihn abgeschickt habe, fühle ich mich durch neue Erfahrungen verändert. Nachdem ich heute den letzten Brief abgeschickt habe, weiß ich nicht, wann ich die Möglichkeit haben werde, den abzuschicken, den ich gerade schreibe. Ich werde durch eine andere Stadt entlang der Straße kommen, wo ich ihn in einen Briefkasten werfen kann, aber zu diesem Zeitpunkt wird diese unmittelbare Gegenwart vergangen sein, so wie sie im Umschlag eingeschlossen und versiegelt ist. Ich habe das Gefühl, dass alles, was ich Dir geben kann, das ist, was ich war und ich Dir zeigen will, was ich bin.

Nachdem ich den letzten Monat damit verbracht habe, per Anhalter zu fahren, bin ich immer noch ein wenig davon fasziniert, was manche Leute dazu bewegt, mich mitzunehmen. Ich würde nie von anderen erwarten, dass sie ihre eigenen Pläne ändern, ihr Leben vorübergehend unterbrechen, ihren Blick von ihrem Ziel abwenden und an die Seite fahren und mir einen Platz in ihrer Welt anbieten, eine Rolle als zeitweiliger Begleiter auf ihrer Reise. Ich sehe mit Sicherheit nicht besonders ordentlich aus. Meine Klamotten sind verstaubt und dreckig. Ich habe mich seit Längerem nicht mehr rasiert und ich bin mir nicht sicher, wie meine Haare aussehen. Ehrlich gesagt, habe ich es bewusst vermieden, mein eigenes Spiegelbild zu betrachten. Es scheint, je länger ich mit mir allein bin, desto mehr setze ich mich von dem ab, was mich umgibt.

Jedes Mal, wenn ich in ein Auto steige, werden die gleichen offensichtlichen Fragen gestellt. Die erste Frage, die fast jeder stellt, ist, wohin ich will. Es ist eine einfache Frage. Wir sind beide unterwegs, man kann also davon ausgehen, dass wir beide irgendwohin wollen. Auf diese Weise stellen wir Kontakt zueinander her. Wir suchen nach geeigneten Gesprächsthemen, um irgendeine Form der Kommunikation anzuregen und hoffentlich aufrechtzuerhalten. Doch die Frage, wohin ich will, verblüfft mich. Ich will sagen „(n)irgendwohin", aber das verwirrt nur. Tatsächlich habe ich nicht einmal versucht, mir ein Ziel vorzustellen. Ich denke kaum über eine Richtung nach. Ich sehe einfach, wie die Straßen sich in alle Himmelsrichtungen erstrecken und obwohl ich weiß, dass ich nur winzige Teile der Welt sehe, bin ich vielleicht irgendwann in der Lage, diese Teile zu einem Ganzen zusammenzufügen.

Durch das Reisen habe ich bemerkt, wie suspekt einem eine schweigsame Person sein kann. Wenn ich in jemandes Auto sitze und schweige, wird man oft misstrauisch mir gegenüber. Das ist merkwürdig, denn ich habe Stille immer als beruhigend und klar empfunden. Ich sage Leuten, dass ich lieber schweige, da ich, wenn ich rede, nur mich selbst hören kann. Ich bin der Letzte, der sich selbst zuhören will. Ich habe mich selbst schon das ganze Leben lang an der Backe, lasst mich wenigstens jemand anderem zuhören.

Aber indem wir miteinander sprechen, teilen wir unsere Gedanken, öffnen unsere inneren Welten für andere. Das gibt anderen Menschen ein Gefühl für unser Wesen, unsere Interessen und Absichten. Wenn jemand so freundlich ist, mich mitzunehmen, kann ich denjenigen wenigstens beruhigen, indem ich nicht einfach dasitze, wie ein lauerndes, zwielichtiges Rätsel, das er aus den Augenwinkeln wahrnimmt, während er am Steuer sitzt. Ich habe es mir zur Routine gemacht, Geschichten meiner jüngsten Erlebnisse zu erzählen und dadurch die Gedanken zu offenbaren, die mich beschäftigen und mich durch mein Leben begleiten.

Ich schätze, das ähnelt dem, was ich durch diese Briefe mache. Ich weiß, dass ich leicht abgelenkt werde und ich muss furchtbar egoistisch klingen, da alles, was ich tue, ist, über mich selbst zu schreiben, aber ich muss zugeben, je mehr ich an Dich denke, desto mehr wird mir bewusst, wie wenig ich über Dich weiß. Ich will keine voreiligen Schlüsse ziehen und Dir etwas über Dich selbst erzählen oder anmaßend über uns sprechen. Ich hoffe vielmehr, dass ich Dir etwas von mir zeigen kann, etwas, womit ich Dein Vertrauen gewinnen kann, damit Du Dich mit mir wohlfühlst.

Neulich habe ich mir vorgestellt, mich mit Dir zu unterhalten. Ich habe mir ausgemalt, wie Du mich fragst, welche Eigenschaften ich an Dir schätzen würde. Meine Antwort war, dass ich nur hoffen würde, dass Du die Geduld besitzt, mir ein Leben lang zuzuhören, denn Deine Eigenschaften erstrecken sich weiter, als ich sehen kann und ich hoffe, dass ich niemals ihre Grenzen erreichen werde. Doch die Eigenschaften, die ich am meisten schätze, sind die, die ich nie beschreiben könnte. Sie würden nur abgewertet werden, wenn ich versuchen würde, sie mit meinen kläglichen Beschreibungen in Worte zu fassen. Diese Eigenschaften gehören Dir und nur Dir allein und ich kann nur schweigen und Zeuge sein, denn die einzige Art und Weise, wie sie jemals korrekt beschrieben werden können, ist, wie sie durch Dein Leben sichtbar werden.

Während ich das denke, kann ich nicht anders, als zu beobachten, wie mein Stift über das Papier kratzt, und zu sehen, wie plump ich mich ausdrücke. Es ist, als würde ich versuchen, meine Gefühle durch diesen Stift zu quetschen, mein Leben durch diese winzige Spitze zu zwängen und es sich quer durch die taube Stille der Entfernung ausbreiten zu lassen. Ich sehe den Stift in meiner Hand tanzen, aber alles, was bleibt, sind diese Tintenflecken, verteilt über die ansonsten leere Seite. Während ich meine Gefühle zu Papier bringe, das Ausmaß der Realität, die Fülle des Seins, die lebendige Kraft, die Wärme des Atems, das Pulsieren des Blutes, das Schlagen meines Herzens, das Summen in meinem Kopf, sehe ich, wie die Wörter unleserlich werden und sich zu dünnen Schnörkeln ausdehnen, die niemals all das enthalten könnten, was ich ausdrücken will.

Jetzt schweife ich ab, entschuldige. Ich versuche nur, die verblüffenden Widersprüche, auf die ich stoße, und das Staunen des Entdeckens, das ich erlebe, zu beschreiben, wenn ich all diesen Menschen begegne, und versuche, sie zu verstehen und mich ihnen so zu zeigen, dass sie mich vielleicht verstehen. An dieser Stelle fällt mir ganz plötzlich, wie ein heftiger Stoß, der meinen Körper durchzuckt und sich in Wellen in mir ausbreitet, ein Erlebnis von heute Morgen ein.

In der letzten Stadt hatte ich eine Begegnung und es war, gelinde gesagt, nicht die angenehmste Begegnung. Ehrlich gesagt, in dem Moment war es ein wenig beängstigend, aber jetzt fühlt es sich anders an, in gewisser Hinsicht ist die Aufregung einer stillen, ernsten Klarheit gewichen.

Bevor ich davon berichte, möchte ich Dir versichern, dass ich vollkommen unversehrt bin und stets jegliche Vorsichtsmaßnahmen treffe.

Nachdem ich den letzten Brief an Dich

eingesteckt hatte und ich aus der Stadt hinauslief, hielt neben mir ein Auto und der Fahrer fing an, mich zu beschimpfen. Ich versuchte, ihn zu ignorieren. Ich wollte nicht feindselig reagieren, denn das war genau die Reaktion, die er hervorrufen wollte. Auf meiner Reise werde ich ständig an die kurze Dauer und den begrenzten Umfang erinnert, auf die unsere Leben beschränkt sind. So frei ich mich jetzt auch fühle, ich folge noch immer der Straße, fahre noch immer in Autos mit, die mir nur durch die Großzügigkeit anderer zur Verfügung stehen. Doch nun war ich in einer Situation, in der ich durchaus die Wahl hatte, wie ich handeln, wie ich mich verhalten würde und in welche Richtung ich gehen würde und ich würde nicht zulassen, dass diese Person diese Entscheidung für mich treffen würde.

Schließlich brachte er den Wagen direkt vor mir zum Stehen, um mir den Weg zu versperren. Ich lief um den Wagen herum, während er ausstieg und mich weiterhin beschimpfte und sogar ein paar Mal schubste und an meiner Tasche zerrte. Zuerst verfiel ich in Selbstmitleid. Ich dachte: „Warum passiert mir das? Was habe ich diesem Typen getan? Was habe ich getan, dass ich das verdiene?" Trotzdem entschied ich mich, ruhig zu bleiben und an ihm vorüberzugehen, aber er ließ nicht locker. Schließlich begriff ich, dass ich irgendwie reagieren musste. Zunächst blieb ich stehen. Das veranlasste ihn, ebenfalls stehenzubleiben, während er versuchte, meinen nächsten Schritt vorauszuahnen und sich auf das Schlimmste gefasst machte. Dann sagte ich: „Hey, wie wäre es damit: Du gehst deinen Weg und ich gehe meinen, okay? Ich bin eh nur auf der Durchreise." Letzten Endes wollte ich einfach nur Boden gutmachen, ohne Anspruch auf ihn zu erheben.

Er erstarrte für einen Moment, vielleicht ließ er sogar seinen Kopf etwas sinken, aber ich achtete nicht darauf. Für einen kurzen Augenblick stand er nur still da, vielleicht weil er darüber nachdachte, was ich gesagt hatte. Doch dies gab mir die Gelegenheit, mit einigen wenigen Schritten an ihm vorbeizugehen und meinen Weg fortzusetzen. Als er davonfuhr, rief er verärgert etwas oder auch nichts aus dem Fenster, doch der Klang seiner Stimme verebbte, bevor sein Wagen hinter der nächsten Kurve verschwunden war.

Als ich weiterlief, schossen mir etliche

Gedanken zu diesem Erlebnis durch den Kopf. Ich ging die Situation in Gedanken immer wieder durch, wälzte sie hin und her, in der Hoffnung irgendeine Erklärung zu finden oder mir über etwas klar zu werden. Als ich das tat, wurde ich jedoch nur vom trüben Sog meines Verstandes mitgerissen.

Dann kam mir ein Gedanke in den Sinn. Plötzlich wurde mir bewusst, wie glücklich ich mich schätzen konnte. Natürlich konnte ich froh darüber sein, dass die Situation nicht eskaliert war, aber darüber hinaus konnte ich mich trotz meiner Schwierigkeiten glücklich mit mir selbst schätzen. Zweifellos hatte dieser Typ mir eine sehr hässliche Seite von sich gezeigt. Doch das, was er auf mich projiziert hatte, selbst in der kurzen Zeit unserer Begegnung, ist ein Teil von ihm, mit dem er jeden Tag leben muss.

Ich hatte es leicht. Ich konnte weitergehen. Ich konnte zulassen, dass sich diese Wut und dieser Schmerz allmählich in meiner Vergangenheit auflösten. Aber er klammerte sich daran und es klammerte sich an ihn. Dieser Typ hatte eindeutig ziemliche Probleme und ich würde nicht zulassen, ein Teil davon zu werden. Das waren seine Probleme. Ich würde sie nicht auch zu meinen machen. Schließlich gibt es schon viel zu viele gequälte Seelen auf dieser Welt.

Dein Freund,

Weldon

Liebe Zoe,

Du fragst Dich vielleicht, wo ich bin. Ehrlich gesagt, weiß ich es die meiste Zeit selbst nicht. Ich nehme an, ich könnte auf einer Landkarte nachschauen, aber ich bin auf keiner Karte.

Ich glaube nicht, dass ich erwähnt habe, wo ich war, als ich den letzten Brief geschrieben habe. Meistens kenne ich die Namen der Städte nicht, denn wenn ich dort bin, brauche ich sie ja auch nicht beim Namen zu nennen. Ich brauche keine Bezeichnung, um mich an sie zu erinnern. Dir sind vielleicht die Poststempel aufgefallen. Wenn ja, dann weißt du zumindest, wo ich die Briefe abgeschickt habe. Ich sehe die Stadt, ich sehe die Menschen, ich kann dem endlosen Horizont mit meinem Blick folgen, doch irgendwie hast Du eine bessere Vorstellung davon, wo ich gewesen bin, als ich. Vielleicht könnte man sagen, dass ich den Ort und Du den Namen auf der Karte siehst.

Ich weiß, dass ich jetzt gerade in Lone Pine, Kalifornien, bin. Das ist eine kleine Stadt im Inyo Valley östlich von Mount Whitney, dem höchsten Berg der angrenzenden Bundesstaaten. Ich betrachte ihn in diesem Augenblick, höre auf, dies zu schreiben und sehe seine immense Größe vor mir aufragen.

Als ich mich dem Berg während meiner letzten Autofahrt genähert habe und ihn in der Ferne habe auftauchen sehen, spürte ich eine überwältigende Anziehungskraft. Ich denke, das ist der Abenteurer in mir. Ich fühlte mich verpflichtet, hinaufzuklettern, die vom Wind geformte Felsenspitze zu erreichen und mich hochzuziehen, um dann auf Zehenspitzen auf seinem Gipfel zu stehen und mich weit in den Himmel zu strecken.

Meine Mitfahrgelegenheit ließ mich außerhalb der Stadt aussteigen und ich schaute dem Wagen nach, wie er davonfuhr und sich von der Weggabelung entfernte. Ich lief los, aber es schien keinen direkten Weg zum Berg zu geben. Die Straße steht mir in beiden Richtungen offen, doch an den Seiten sind überall Zäune und andere Hindernisse. Der Berg schien weiterhin unglaublich verlockend, aber alles, worauf ich stieß, waren Stacheldraht und Schilder mit der Aufschrift „Privatbesitz". Irgendwann entschied ich mich, über einen der Zäune zu springen und bahnte mir einen Weg direkt über eine Viehweide. Innerhalb kürzester Zeit steckte ich jedoch bis zu den Knöcheln in Kuhmist. Es war ein Albtraum.

Ich ging zur Straße zurück und entschied mich, in die Stadt zu gehen, um dort vielleicht eine Nebenstraße zu finden, die mich zum Fuß des Berges oder zu einem Wanderweg führen würde. In der Hinsicht war mein Straßenatlas nutzlos. In ihm waren nur die Land- und Fernstraßen eingezeichnet, aber keine der kleinen Nebenstraßen.

Ich konnte es nicht fassen. Direkt vor mir befand sich ein gewaltiges Etwas, ein Berg, der meilenweit zu sehen war, eine Erhebung, die vom Weltall aus gesehen werden kann. Der Berg war alles, was ich sehen konnte, aber es schien keine Möglichkeit zu geben, zu ihm zu gelangen.

Das hat mich daran erinnert, dass ich ich Dich schon viele Jahre kenne. In all der Zeit, die ich Dich kenne, warst Du mir immer so nah, so vertraut, aber Du warst immer mit Ray zusammen. Manchmal warst Du alles, woran ich denken konnte, aber es schien keine Möglichkeit zu geben, Dir nahe zu sein, ohne eine gewisse Art von Vertrauen zu missbrauchen, die ich respektieren wollte. Ein Vertrauen, das Euch beiden galt und dem, was zwischen Euch bestand. Seltsamerweise habe ich jetzt, da ich mich auf der anderen Seite des Kontinents befinde, das Gefühl, dass ich Dir nahe sein und mit Dir sprechen kann, wie ich es nie zuvor konnte. Das erinnert mich an eine Nacht, als ich zum Mond hinaufgeblickt habe. Ich habe mich gefragt, ob Du vielleicht auch gerade zum Mond hinaufblicken würdest. Denn, so weit wir auch voneinander entfernt sind, in diesem Augenblick, in diesem schimmernden Moment, als ich den silbrig glänzenden, durch den kühlen Nachthimmel fließenden Fäden des Mondlichtes hinterhersah, dies war vielleicht ein Moment, in dem wir zusammen waren.

Ich konnte den Berg nicht erreichen. Aber als ich einige umliegende Hügel erklomm, wurde mir etwas Erstaunliches klar. Während ich lief, kam ich an eine neue Grenze meiner eigenen Fähigkeiten. Die Sonne blendete mich, als ich mich abmühte, mich mit meiner schweren und sperrigen Tasche die Hügel hinaufzuschleppen. Alles bei mir tragend, was ich besaß, was ich zum Leben brauchte, was mich beschützte und tröstete, wankte ich in den Schatten des

Berges und das blendende Licht war weg und ich konnte wieder sehen. Eine sanfte Brise kühlte wohltuend meine Haut. Ich dachte: „Siehst du, Weldon? Du kannst Berge versetzen. Du kannst Berge vor die Sonne schieben, indem du dich in ihren Schatten begibst."

Das kann man als Blickwinkel oder Sichtweise bezeichnen, doch es verhalf mir zu einer großartigen Offenbarung. Unser Handlungsspielraum ist begrenzt. Doch es gibt vieles, was wir im Rahmen unserer Möglichkeiten ausrichten können.

Vom Gipfel einer der Hügel aus sah ich dann zu, wie sich der Abend bis nach Osten hin ausbreitete, während sich die Erdoberfläche in seinen Schatten drehte. Es wurde kühler und Wind kam auf, der über die Hügel wehte. Dann sah ich drei Krähen über mir durch die Luft gleiten, auf ihren Flügeln und dem Wind schwebend. Es sah aus, als hätten sie Spaß daran, auf einer Welle im unerreichbaren Blau des Himmels zu reiten. Die Menschen neigen dazu, Krähen für unheilvoll zu halten, aber ich empfand sie immer als vergnügt. Sie sind gesellig. Selten sehe ich eine von ihnen alleine und stets unterhalten sie sich. Sie scheinen immer Freunde zu haben und das mag ich an ihnen. Es gibt mir das Gefühl, als wären wir nicht immer allein.

Als Kind habe ich immer versucht, ihre Nester zu finden. Im Freien sind Krähen nicht zu übersehen, manchmal sogar fast lästig. Aber sie sind sehr verschwiegen, wenn es um ihre Nester geht. Im Frühling beobachtete ich sie, wie sie Material sammelten, um Nester für ihre Eier zu bauen. Doch Krähen sind intelligente Vögel. Sie wussten immer, dass ich ihnen folgte.

Ich bezweifle, dass ich in der Lage gewesen wäre, auf die Bäume zu klettern, um an ihre Nester heranzukommen. Sie können Wege beschreiten, für die meine Schritte zu schwer sind. Sie laufen auf ihren Händen, ihre Handflächen sind aufgeschlagene Fächer aus Federn. Manchmal berühren sie mich mit ihren Schatten, wie blinzelnde Lider, die in dem Augenblick die Sonne verdecken, in dem sie über mich hinwegfliegen. Vielleicht ist das der einzige Weg, wie sie sich mir nähern können. Vielleicht ist das der einzige Weg, wie ich mich Dir nähern kann, als Tintenflecke, die nur die Schatten meiner Gedanken sind und sich als Silhouette auf dem Papier abzeichnen.

Oder vielleicht sagen die Zwischenräume zwischen den Buchstaben mehr, vielleicht sind die Zwischenräume der Himmel und das Sonnenlicht, das durch den ungewissen Verlauf meines Lebens scheint.

Diesmal habe ich es anders gemacht als mit den bisherigen Briefen. Während ich das hier schreibe, sitze ich an den Briefkasten gelehnt auf dem Gehsteig in Lone Pine. Ich will, dass Du diesen Brief so zeitnah wie möglich zu diesem Augenblick erhältst. Ich will, dass dieser Brief ohne Aufschub zu Dir eilt und vielleicht kann ich mich Dir so näher fühlen, so wie man sich am Telefon miteinander unterhält, obwohl das Gespräch tausende Kilometer Kabel zurücklegt und zwischen Satelliten im All hin und her springt. Man kann trotzdem die Augen schließen und sich vorstellen, dass die Person am anderen Ende einem direkt ins Ohr flüstert und man beinahe ihren Atem spüren kann, was so viel wirklicher ist als Worte.

Dein Freund,

Weldon

Liebe Zoe,

eines der Wunder des Reisens ist, zu sehen, wie sich die Landschaft und das Klima verändern, während ich unterwegs bin. In den Autos versuche ich manchmal, mich davon zu überzeugen, dass ich stillsitze, fest verankert in einem geschlossenen Raum, und sich die Welt einfach nur um mich herum verwandelt. Sich von trockenen Gegenden zu Orten mit mehr Feuchtigkeit zu bewegen, ist, als würde man sehen, wie im Laufe eines einzigen Tages der Frühling Einzug hält und dem trockenen, struppigen Land Kiefern entsteigen.

An anderen Tagen bin ich von der Bewegung selbst fasziniert. Wenn ich am Straßenrand stehe und auf eine Mitfahrgelegenheit warte, fühlt sich die Welt ruhig und friedlich an, während die Autos an mir vorbeirasen. In den Autos ist die Stille in einem abgeschlossenen Raum verdichtet, während die Welt draußen langsam vorbeizieht. Ich weiß nicht, was mir lieber ist, ich weiß nur, dass ich dankbar bin, den Unterschied erkannt zu haben.

Vor wenigen Tagen habe ich Kalifornien verlassen und bin jetzt in Reno, Nevada. Ich bin mit nur

150 Dollar von Zuhause weg und davon ist kaum noch etwas übrig, also dachte ich mir, dass ich eine der Städte ansteuern sollte, um einen Aushilfsjob zu finden und meine Reisekasse aufzufüllen. Ich hatte das Glück, ein Zimmer in einer der Missionen entlang der Main Street zu bekommen. Wenn ich aus der Haustür trete und nach links abbiege, laufe ich nach nur wenigen Häuserblocks unter einem glitzernden, funkelnden Bogen durch, auf dem steht: „Größte Kleinstadt der Welt". Etwas weiter führt die Straße vorbei an den blinkenden Lichtern der Kasinos, die darum wetteifern, jedes vorbeikommende Auge zu blenden und zu verführen. Der Typ, der mich hierher mitgenommen hat, meinte, es sei ziemlich einfach hier einen Job zu finden, also bin ich den ganzen Tag durch die Stadt gelaufen und habe Bewerbungen verteilt. Der Mann gab mir auch einen Fingerzeig in Sachen Glücksspiel. Er meinte: „Das Schlimmste, was ein Mensch tun kann, ist, zu gewinnen."

Das Gebäude, in dem die Mission untergebracht ist, ist ein altes viktorianisches Haus. Während ich unterwegs war, bin ich außerhalb der Städte geblieben, da ich mich sicherer fühle, an verborgenen Plätzen entlang der Straße zu schlafen. In den Städten gibt es zu viele Menschen und ich habe kein gutes Gefühl dabei, auf der Straße zu schlafen. Ich hatte Glück, diese Unterkunft zu finden, die einigermaßen sicher ist und mir erlaubt, meine Sachen sicher zu verstauen, während ich durch die Stadt laufe und nach Arbeit Ausschau halte.

Es gibt hier auch einige Bücher und ich verbringe die Abende mit Lesen und führe meine Abenteuer fort, indem ich erforsche, was die Seiten beinhalten. Ich habe ein Buch gefunden, das sehr interessant ist, aber ihm fehlen die ersten Seiten. Offenbar ist zu Beginn des Buches etwas sehr Wichtiges geschehen, denn es wird andauernd Bezug darauf genommen, aber ich versuche herauszufinden, was es ist, während ich im Roman weiter vorankomme.

In gewisser Weise frage ich mich, inwieweit dies mein eigenes Leben widerspiegelt. Wie die meisten Menschen kann ich mich an die ersten Jahre meines Lebens nicht erinnern. Manchmal glaube ich, dass meine Auffassung vom Leben damals unverfälschter war, dass mein Verstand erst noch durcheinandergebracht und verwirrt und auf die

Routine des tagtäglichen Lebens reduziert werden musste. Dann ist die Gesamtheit meines Lebens nur der Versuch, zu diesem reinen Zustand zurückzukehren, der zu perfekt ist, um sich an ihn zu erinnern, der mehr umfasst, als unser Bewusstsein aufnehmen kann. Ich habe mal gehört, dass unsere Schlafgewohnheiten, wenn wir älter werden, zu dem Rhythmus zurückkehren, den wir als Babys innehatten, dass sich unsere Leben wieder zu ihren Anfängen zurückdrehen, wo sie enden. Vielleicht wachen wir dann auf, voll und ganz, aber vielleicht sind wir zu diesem Zeitpunkt auch so müde, dass wir nur noch schlafen wollen.

Allerdings verwirrt mich das. Ich erinnere mich, dass ich, als ich sechs Jahre alt war, meiner Mutter sagte, dass ich nie Kinder haben wolle, da ich das Gefühl hätte, dass das Leben so schmerzhaft sei, dass ich es nicht zulassen könnte, einen anderen Menschen dem auszusetzen. Ich frage mich noch immer, ob das die beste Option ist. Wir sind letztlich Tiere, Vermehrung ist ein wesentlicher Aspekt unserer Existenz. Ich denke immer wieder an eine Zeile aus den Fragmenten der Schriften des Epikur. Ich kann sie nicht genau wiedergeben, aber sie befasst sich mit der

Realität unseres eigenen, individuellen Daseins und stellt fest, dass wir nur Wassertropfen in einem großen Fluss sind. Das fühlt sich eigenartig an, wo ich mich doch gerade in einer ausgedörrten Gegend und einer sandigen Stadt befinde. Ich versuche, mir einzureden, dass ich nur ein Abschnitt in einer Reihe bin, wie könnte ich dann so anmaßend sein, mich selbst zur Schlussfolgerung zu erklären?

Eine etwas aufregendere Neuigkeit: Ich habe mein erstes Erdbeben erlebt. Es war eher sanft, nur etwa 3,3 auf der Richterskala, aber es war trotzdem ein ordentliches Zittern. Alle sprechen über die Erdbeben in Kalifornien, aber ich hätte nie gedacht, eines in Nevada zu erleben. Es hat mich über die Grundpfeiler meines Lebens nachdenken lassen, über die Welt, die Gesellschaft und mich selbst, auf deren Stabilität ich vertraue. Es gab nichts, von dem ich glaubte, es könnte beständiger und sicherer sein, als der Boden selbst, und plötzlich fühlte ich, wie sich dieser unter mir bewegte.

Dennoch mag ich die Wüste. Die Luft ist klar und man kann kilometerweit in alle Himmelsrichtungen sehen, zumindest wenn man durch das Labyrinth von Reno's hoch aufragenden Mauern herausspähen kann.

Manchmal kann ich am Ende der langen Boulevards die Hügel jenseits der Stadt aufragen sehen. Sie erinnern mich daran, dass die Welt da draußen immer so nahe ist, wie die nächste Tür.

Dein Freund,

Weldon

19. April

Liebe Zoe,

neulich mit Dir zu sprechen, hat mir die größte Freude bereitet, die ich jemals verspürt habe. Ehrlich gesagt, bin ich immer noch aufgewühlt von unserer Unterhaltung. Der Klang Deiner Stimme ist die schönste Musik. Ich hatte das Gefühl, dass mein Leben sehr kalt geworden war und mit der Zärtlichkeit Deiner Gedanken wieder an Wärme gewonnen hat. Außerdem freue ich mich, dass Dir meine Briefe gefallen. Ich war ein wenig verunsichert. Ich wusste nicht, ob sie Dich langweilen würden oder ob Du womöglich das Gefühl haben würdest, von mir bedrängt zu werden. Diese Briefe zu schreiben, hat mir sehr geholfen, da sie mir die Möglichkeit gegeben haben, jemandem meine Gedanken mitzuteilen, bei dem ich das Gefühl habe, dass ich ihm vertrauen kann und der keine voreiligen Schlüsse zieht, wenn ich etwas sage, das vielleicht etwas verworren auf andere wirkt. Falls dies jemals der Fall sein sollte, kann ich Dir versichern, dass die Verwirrung einzig und allein bei mir liegt. Denn ich weiß, dass selbst die verschwommensten Vorstellungen, die ich jemals versuchen könnte, auszudrücken, von Dir mit der Klarheit verstanden werden würden, die ich mich erinnere, in Deinen Augen gesehen zu haben.

Ich bin immer noch in Reno, aber ich habe vor, die Stadt bald zu verlassen. Neulich wurde der Abstellraum der Mission ausgemistet. Anscheinend lassen Leute hier immer wieder Sachen zurück, wenn sie abreisen, ohne jemals zurückzukehren und sie einzufordern. Hin und wieder wird der Abstellraum dann aufgeräumt, vermutlich um noch mehr Sachen unterzubringen, die die Leute zurücklassen. In dem Stapel habe ich einen Rucksack gefunden, der mir eine große Hilfe sein wird. Damit wird es auf jeden Fall leichter sein, mein Gepäck zu schultern.

Die Armeetasche habe ich an meinen Vater zurückgeschickt und mich bei ihm bedankt, dass ich sie benutzen durfte. Ich bin mir sicher, dass die Frage, ob er seine alte Armeetasche jemals zurückbekommen würde, seine kleinste Sorge war, als er seinen Sohn mitten in der Nacht das Haus verlassen und in der Dunkelheit verschwinden sah. Doch ich konnte sie nicht einfach hier zurücklassen, damit sie bei nächster Gelegenheit in den Müll geschmissen wird.

Während ich meine Sachen durchging, fiel mir

auf, wie viel unnützen Kram ich immer noch mit mir herumschleppe. Jahrelang habe ich an all die Sachen gedacht, die ich haben will und das hat mir zu denken gegeben. Wenn ich immer nur darüber nachdenke, was ich haben will und was ich nicht habe, wie kann ich dann wissen, was ich bin?

Vorläufig weiß ich jedenfalls, dass ich es liebe, zu reisen, es liebe, so viele verschiedene Menschen zu treffen und eine solche Bandbreite an Orten kennenzulernen. Jedes Mal, wenn ich zur Arbeit laufe, überquere ich die Eisenbahnschienen, die durch die Stadt führen. Manchmal bleibe ich auf den Gleisen stehen und schaue den Schienen hinterher, wie sie nach Westen in Richtung der fernen Berge führen. Ich frage mich, ob diese Linien sich irgendwo treffen, ob sich diese parallel verlaufenden Gleise an einer Stelle womöglich krümmen, um sich irgendwo zu berühren, genau wie sie sich in der Ferne zu berühren scheinen. Aber auch das beunruhigt mich, denn ich frage mich, ob es tatsächlich einen Ort gibt, an dem sich diese Linien treffen, diese Linien, die für immer Seite an Seite zu verlaufen scheinen, während ich an ihnen entlanggelaufen bin. Ich frage mich, ob sie sich aufeinander zubewegen könnten, um sich zu berühren oder sich genauso gut für immer voneinander entfernen könnten.

Oft muss ich warten, wenn Züge durchfahren, da es eine vielbefahrene Güterstrecke ist. Jemand hat mir erzählt, dass ich auf diese Züge aufspringen kann und sie mich über die Sierra Nevada, den ganzen Weg bis nach Sacramento, bringen können. Ich gebe zu, dass ich jedes Mal, wenn ich einen der Züge sehe, mit dem Gedanken spiele, genau das zu tun. Mehr noch, ich kenne mich damit aus, ich habe es schon mal getan. Für mich ist es mehr als nur ein Gedanke. Ich habe es Wirklichkeit werden lassen. Ich denke nicht nur darüber nach, es zu tun, ich weiß, dass ich es kann. Ich kann alles tun, was ich will, aber was brauche ich und was wird von mir erwartet?

Was mich angeht, scheine ich einen ausgezeichneten Weg gefunden zu haben, festzustellen, was ich zum Leben brauche. Denn wenn ich etwas wirklich brauche, muss ich dazu bereit sein, es zu tragen und an meinem Rucksack zu befestigen und es durch mein Leben zu schleppen. Diese Reisen sind eine hervorragende Gelegenheit, mein Leben auf das

Wesentliche zu reduzieren und zu sehen, ob ich in der Lage bin, zu erkennen, was unentbehrlich für mich ist und somit vielleicht auch, was von mir unentbehrlich ist. Ich habe wirklich das Gefühl, mit Blick auf mein Leben die Spreu vom Weizen zu trennen, immer auf der Suche nach der Quintessenz meines Lebens.

Im Kasino zu arbeiten, ist interessant. Wie ich Dir schon am Telefon erzählt habe, arbeite ich als Aushilfe in der Nachtschicht. Die Aufteilung der Etagen ist mit Absicht verwirrend gestaltet. Alle Wände sind verspiegelt, um die Orientierung zu erschweren und die Begeisterung zu steigern. Denn jedes Mal, wenn jemand jubelnd die Arme hebt und Lichter aufblinken oder das Wort „Jackpot" aufleuchtet, ist es kein einzelnes Ereignis, sondern eine Vielzahl von Spiegelungen dieses Ereignisses.

Die Leute wirken, als hätten sie viel Spaß, was gut ist. Aber manchmal macht es mich auch traurig, denn wenn ich um Mitternacht zu meiner Schicht erscheine, sehe ich Leute an den Automaten sitzen und wenn ich morgens um 8 Uhr wieder gehe, sitzen sie immer noch an denselben Automaten, drücken dieselben Knöpfe, ziehen an denselben Hebeln und füttern die Geräte mit Geld, die daraufhin klingeln und läuten und blinken.

Während ich mich durch die Spieler schlängle, ziehe auch ich am Griff zum Geld, nur handelt es sich bei meinem Griff um einen Besenstiel. Es gibt zwar keine Boni abzustauben, aber dafür eine ganze Menge zu fegen und obwohl die Münzsammelbecher, die ich aufsammle, leer sind, bekomme ich am Ende jeder Woche einen Scheck.

Jedes Mal, wenn ich zur Mission zurückkehre, um zu schlafen, kann ich noch immer das Klingeln in meinen Ohren hören. Wenn ich aufwache, ist es meistens verschwunden. Ich glaube, ich brauche diese Erholungsphasen, um die lauten Nachtschichten gedanklich zu verarbeiten.

Ich sollte jetzt Schluss machen. Ich habe ein weiteres, interessantes Buch gefunden und will es durchgelesen haben, bevor ich in ein paar Tagen weiterziehe. Ich hoffe, Dir geht es gut und, wie schon gesagt, ich habe es sehr genossen, mit Dir zu sprechen. Pass auf Dich auf.

Dein Freund,

Weldon

Liebe Zoe,

ich habe Reno, wenn auch anders als geplant, verlassen. Ich war der Meinung, dass auf einen Zug aufzuspringen, dieses Mal keine gute Idee wäre. Obwohl ich so die Sierra Nevada leicht hätte überqueren können, wurde mir oft gesagt, dass Sacramento, und ganz besonders die Gegend um den Güterbahnhof, sehr gefährlich sein kann. Ich habe getan, was ich in Reno tun wollte. Also bin ich den Highway entlanggelaufen, bis ich von jemanden mitgenommen wurde.

Ich bin dankbar dafür, dass ich etwas Geld verdienen konnte und mich nun wieder auf den Weg machen kann, aber mit der Zeit hat mich der Job wortwörtlich angeekelt. Ich wurde zur Verladerampe versetzt, wo ich jeden Müllsack öffnen und nach Gegenständen durchsuchen musste, die mutwillig weggeworfen wurden und das Kasino Geld kosten würden. Hauptsächlich fand ich Teller, die Leute in den Müll geschmissen hatten, nachdem sie am Büfett gegessen hatten.

Ich nehme an, die Leute tun das aus Frust.

Vielleicht haben sie Geld verloren und wollen sich so an dem Kasino rächen. Selbstverständlich würde keines der Kasinos jemandes Geld haben, wenn die Leute es ihnen nicht freiwillig geben würden. In Wirklichkeit tun sie den Kasinos damit jedoch nicht weh. Sie sorgen nur dafür, dass ein Typ wie ich zum Mindestlohn den Müll durchwühlt, die Teller aus dem Dreck herausfischt und weggeworfenes Essen von ihnen abkratzt.

Das erinnert mich an ein Erlebnis aus meiner Kindheit, als ein paar Kinder mir meine Baseball-Mütze weggenommen und in einer Tüte Kalkfarbe vergraben hatten, mit der die Spielfeldmarkierungen des kleinen Baseball-Feldes gezogen wurden. Ich grub sie wieder aus und rannte, blindlings die Fäuste schwingend, aus dem Schuppen, aber die einzige Person, die es traf, war jemand, der nichts damit zu tun hatte. Zweifellos erleben wir alle, dass uns hin und wieder Unrecht widerfährt, aber wenn wir voreilig dagegen austeilen, verletzen wir uns nur noch mehr, indem wir unseren Frust an jemand anderem auslassen.

Bei den Tellern könnte ich mich allerdings auch irren. Es gibt vermutlich noch andere Gründe, warum sie absichtlich oder versehentlich weggeworfen werden.

Bestimmt hat das nicht immer nur mit Frust zu tun, denn ich habe auch oft Geld im Müll gefunden.

Ich bin jetzt im Norden Kaliforniens, irgendwo in der Nähe einer alten Holzfällerstadt namens Weed. Ich weiß nicht genau, wie weit die Stadt entfernt ist, ich weiß nicht, wie weit überhaupt irgendetwas in irgendeiner Richtung entfernt ist, bis auf die weite Schönheit, die mich augenblicklich umgibt und sich bis ins Endlose zu erstrecken scheint.

Jemand hat mich letzte Nacht entlang des Highway 97 aussteigen lassen und ich habe mich ein wenig von der Straße entfernt, um zu schlafen. Während ich lief, fand ich einen alten Straßenabschnitt, der vor langer Zeit für eine andere, vermutlich direktere Route aufgegeben wurde. Stundenlang saß ich im hellen Schein des Vollmondes auf dieser Straße.

Als ich klein war, arbeitete ich an einem gewaltigen Projekt, oder zumindest stellte es für mich ein außergewöhnlich großes, technisches Vorhaben dar. Ich legte ein ausgeklügeltes Straßennetz im Garten hinter dem Haus meiner Eltern an. Ich verbrachte Stunden damit, mit meinen Spielzeugautos über die von mir gebauten Straßen und Wege zu flitzen. Einmal ließen meine Eltern etwas am Haus machen und nachdem die Handwerker ihre Arbeit erledigt hatten, war noch eine halbe Tüte Zementmischung übrig. Ich war ganz aus dem Häuschen. Ich nahm meinen kleinen Plastikeimer und fing an, eine kleine Menge Beton anzumischen. Dann begann ich, die Straßen, die ich hinter dem Haus in den Sand gepflügt hatte, zu betonieren. Ich dachte damals wirklich, ich hätte etwas Großartiges geschaffen. Ich fand sogar noch etwas weiße Farbe, um die Fahrbahnmarkierungen aufzumalen.

In der darauffolgenden Nacht gab es ein Gewitter. Als ich am nächsten Tag hinausging, musste ich feststellen, dass der Regen die meisten Straßen, die ich angelegt hatte, weggespült hatte. Ich war fassungslos. Ich konnte es nicht begreifen. All die Straßen, die ich als Kind bis dahin gesehen hatte, machten auf mich einen dauerhaften Eindruck, als ob sie sich nie verändern würden, als ob sie für immer da wären.

Etwas später ließen meine Eltern im Garten hinterm Haus Rasen verlegen. Ich kann mich noch daran erinnern, wie begeistert meine Mutter war, als wir den Rasen bekamen, aber ich war am Boden zerstört. Ich konnte es nicht fassen. Sie hatten mein komplettes Straßennetz darunter begraben. Da hatte es etwas gegeben, das ich in so langer Zeit entwickelt, verbessert und aufgebaut hatte und das für mich das Größte in der Welt gewesen war und dann musste ich plötzlich feststellen, dass es vollständig ausradiert worden war und niemand überhaupt bemerkt hatte, dass es existiert hatte.

Während ich über all das nachdachte, sah ich im Mondlicht weiter die alte, verlassene Straße hinunter. Ich saß genau neben einem riesigen Schlagloch und in dem Loch konnte ich die verschiedenen Schichten der Straße sehen. Der Asphalt war aufgeschichtet wie Sediment. Ich sah, wie das Wüstengestrüpp allmählich über die Ränder wuchs und die Straße, ohne instand gehalten zu werden, langsam zerbröckelte. Plötzlich war es nicht länger eine Straße für mich. Ich begriff, dass mir, während ich an den Straßen entlanglaufe, viele der vom Menschen gemachten Dinge auffielen – die Straßen, die Schilder, die Gebäude, die Rinnsteine und die Gitter. Und erst danach bemerkte ich alles andere. Ich machte einen klaren Unterschied zwischen der Straße und der Landschaft. Als ich nun auf dieser Straße saß, wurde mir klar, dass sie nur ein weiterer geologischer Bestandteil war. Sie wurde genauso erschaffen, wie alles andere auch und es schien nicht von Bedeutung zu sein, ob sie durch Menschenhand entstanden war oder ob es sich bei ihr um eine verformte Überlagerung der Erdkruste handelte, all das wurde von der Natur geformt. Und so wie sich Pflanzen Dornen zum Schutz vor anderen Kreaturen wachsen lassen, genauso lassen sie Blumen und Früchte wachsen.

Dein Freund,

Weldon

08. Mai

Liebe Zoe,

Du wirst etwas Geduld mit mir haben müssen, denn dieser Brief könnte ziemlich lang werden. Wenn ich jetzt so darüber nachdenke, ist das eine etwas seltsame Aussage. Ich habe auf jeden Fall eine ganze Menge zu erzählen. Ich habe in den letzten Wochen viel erlebt und will Dir von all dem berichten, aber noch sind die Seiten leer. Aber sobald Du diesen Brief mit der Post bekommen hast, wirst Du das dicke Bündel Seiten im Umschlag fühlen können. Wenn Du durch die Seiten blätterst, wirst Du die verschlungenen und energischen Linien voll Tinte sehen, mit denen sie vollgekritzelt sind. Und wenn Du dies liest, und nur wenn Du dies liest, erst dann ist es womöglich vollkommen.

Ich habe den Norden Kaliforniens vor einigen Wochen verlassen. Für ein, zwei Tage habe ich außerhalb von Klamath Falls übernachtet und bin dann in Richtung Cascade Range aufgebrochen. Zum Gebirgspass hoch hat mich ein interessanter Typ mitgenommen.

Während der Fahrt sagte er mir immer wieder, dass ich etwas Großartiges mache. Dass ich diese Reise, wenn ich älter bin und an sie zurückdenke, immer zu schätzen wissen werde. Dann fing er an, mir davon zu erzählen, dass er sich immer gewünscht hatte, etwas so Abenteuerliches in seiner Jugend auch getan zu haben: durch die Vereinigten Staaten oder Europa zu trampen, dem Friedenscorps beizutreten oder was auch immer. Ich war erstaunt. Es machte mich traurig, ihn so reden zu hören, als ob er glaubte, dass er nie die Chance haben würde, seine Träume zu verwirklichen, dass er sich keine Hoffnung mehr auf ihre Erfüllung machte, dass er sein Leben als so gut wie beendet betrachtete.

Da fing ich an, ihm von meiner Tante zu erzählen. Ich weiß nicht, ob Du die Schwester meines Vaters jemals kennengelernt hast, sie lebt in einem anderen Bundesstaat, jedenfalls wollte sie immer Ärztin werden. Aber sie hat früh geheiratet und hat ihr Studium abgebrochen, um Hausfrau zu werden. Vor etwa 15 Jahren starb ihr Ehemann an Leukämie. Nachdem sie um ihn getrauert hatte, entschied sie sich, ihren Traum zu verwirklichen und Ärztin zu werden. Sie nahm ihr Studium wieder auf. Sie muss Ende dreißig gewesen sein und schaffte es schließlich, an der medizinischen Fakultät angenommen zu werden. Und jetzt ist sie tatsächlich praktizierende Ärztin.

Ich erinnere mich, wie ich mich einmal mit ihr unterhalten habe und sie mir sagte, dass sie sich darüber Gedanken mache, ob sie in ihrem Alter noch an der medizinischen Fakultät angenommen werden würde, aber dann meinte sie, dass das jetzt auch keine Rolle mehr spielen würde. Sie sagte, während sie versucht hatte, ihren Traum zu verwirklichen, hatte sie Erfahrungen gemacht, mit denen sie nie gerechnet hätte und dass dies immer die besten seien, die Erfahrungen, die größer sind als ursprünglich erwartet. Es sind diese Erfahrungen, an denen wir wirklich wachsen. Die Verwirklichung ihres Traumes war nicht das Erreichen des akademischen Grades, sondern der Weg dahin.

Er schien zufrieden, das zu hören und auch ich war froh. Mit der Zeit bereitete es mir ein wenig Sorgen, nichts als ein Schnorrer zu sein, dass alles, was ich tat, war, Mitfahrgelegenheiten zu schnorren und nichts als Gegenleistung anzubieten hatte, aber dieses Erlebnis machte mir wieder Mut. Ich weiß, dass das nicht immer der Fall sein wird, aber zumindest dieses Mal konnte ich diesem Mann etwas zurückgeben, auch wenn es nur eine Geschichte über jemand anderen war, eine Episode aus dem Leben meiner Tante, aber immerhin eine, die auf die eine oder andere Weise in unser aller Leben passt.

Er hat mich an einem Ort namens Fish Lake rausgelassen. Laut Karte war das der Ort, der dem Pacific Crest Trail, dem Fernwanderweg, am nächsten lag. Er bestand darauf, ein Foto von mir zu machen und fragte, ob es mir etwas ausmachen würde, wenn er mir hinterhersehen würde, während ich davonging. Ich kann nicht genau sagen, wie es auf ihn gewirkt hat, als ich im Wald verschwand und mich im dichter werdenden Grün auflöste, aber ich weiß, wie es sich für mich anfühlte. Für ihn mag es malerisch ausgesehen haben, aber ich hatte große Schwierigkeiten den Wanderweg zu finden. Es gab etliche Forstwege und als ich diesen folgte, schien ich im Kreis zu gehen und hatte nicht die geringste Ahnung, wo ich war und ob ich dem Wanderweg näher kam oder mich von ihm entfernte.

Dann wurde mir klar, dass es dämlich gewesen war, den Forstwegen zu folgen. Sie waren nicht angelegt worden, um sich in eine bestimmte Richtung zu bewegen und diese Richtung beizubehalten, sondern wurden durch den Wald geschlagen, um zu bestimmten

Flächen zu gelangen und diese zu roden. Andererseits verläuft der Pacific Crest Trail durchgehend von der Grenze Mexikos bis zur Grenze Kanadas und ich war mir sicher, dass ich mich westlich des Wanderweges befand. Also verließ ich die Forstwege und holte den Plastikkompass heraus, den ich in Reno in einem Supermarkt gekauft hatte und fing an, in östliche Richtung zu laufen. Irgendwann musste ich auf den Weg stoßen und so kam es auch.

Es war schon recht spät, daher stieg ich den Pfad oberhalb des Passes nur wenige Kilometer weit hinauf. Mir fielen einzelne Stellen mit Schnee auf, die mit zunehmender Höhe mehr wurden. Am nächsten Tag wurden diese Schneeflecken größer und größer. Irgendwann gab es keine Stellen mit Schnee mehr, sondern nur noch einzelne Stellen kahlen Bodens im Schnee. Während ich weiter hinaufstieg, wurden die Stellen immer kleiner bis sie irgendwann ganz verschwunden waren und es nichts mehr gab außer Schnee.

Ich war überrascht. Schließlich war es zu dieser Zeit schon fast Mai und jemand wie ich, der aus Alabama kommt, hatte nicht erwartet, dass überall

Schnee liegen würde. Zu diesem Zeitpunkt musste ich schon mehr als 10 Kilometer gelaufen sein, es machte also keinen Sinn umzukehren. Mir war nicht klar, dass ich noch weit mehr als 100 Kilometer oder mehr laufen müsste, bevor ich eine andere Straße erreichen würde. Schließlich endete es damit, dass ich acht Tage lang über die Berge durch den Schnee stapfte.

Trotzdem war es herrlich. Ich sah keine einzige Fußspur einer anderen Person, dafür aber Spuren von Elchen und anderen Tieren. In diesem Abschnitt führt der Pfad an seiner höchsten Stelle entlang des Bergkammes über Devil's Peak, bevor er wieder im Wald verschwindet. Ich hatte es aufgegeben, zu versuchen, dem Pfad zu folgen und so kletterte ich entlang der Felsvorsprünge am Rand des Bergrückens hinauf. Ich konnte die Linie des Bergrückens erkennen und wie sie sich in Richtung des Gipfels wie ein Hufeisen krümmte. Ich hatte also eine Ahnung, wohin ich lief oder dachte es zumindest. Zum Glück näherte ich mich dem Gipfel von Süden her. Wenn ich versucht hätte, die Nordseite des verschneiten Bergkammes hinaufzuklettern, wäre dies eine wesentlich größere Herausforderung gewesen.

Während ich den Bergkamm entlanglief, hatte ich Bedenken, dass ich eine Lawine auslösen könnte. Ich verstehe nicht das Geringste vom Bergsteigen. Ehrlich gesagt, verstehe ich auch nicht das Geringste vom Camping. Alles was ich hatte, waren mehrere Brotlaibe, etwas Erdnussbutter, Marmelade und mehrere Packungen Instantnudeln. Ich hatte nicht einmal eine Taschenlampe. Doch an einer Stelle entlang des Kammes entdeckte ich Spuren. Sie mussten von einem Kojoten stammen, aber sie waren riesig, so groß wie von einem Wolf. Die Spuren führten geradewegs den Hang hinauf und auf der anderen Seite wieder herunter. Ich dachte mir, dass dies wohl die gängige Methode war, schließlich war dieses Tier hier Zuhause und er oder sie würde es auf jeden Fall besser wissen als ich, denn nur so überlebte es. Ich dachte, dass ich, wenn ich den Hang schräg herunterlief, womöglich einen Druckpunkt auslösen könnte, der ein Schneefeld abstützt und dann wäre dies der denkbar schlechteste Ort, an dem ich sein könnte. Denn dann würde das gesamte Schneefeld diese Seite des Berges herunterrutschen und genau auf mich drauffallen. Als ich die Nordseite des Berges erreicht hatte, ein Hang aus unberührtem Schnee, lief ich diesen daher schnurstracks hinunter.

Das hat Spaß gemacht, aber im Nachhinein wurde mir durch ein aufschlussreiches Ereignis oder vielmehr mehrere Ereignisse etwas in meinem Leben bewusst. Da der Pfad unter Schnee begraben war, war es extrem schwer, ihm durch den Wald zu folgen. Zwar gab es Markierungen an den Bäumen, allerdings waren diese nicht allzu häufig. Woran ich mich noch am meisten orientieren konnte, waren daher mein Kompass und das Gelände. Wenn ich vom Wanderweg abkam, musste ich mir oft den Weg über umgestürzte Bäume bahnen, die vom Schnee bedeckt waren. Wenn diese Bäume verrotten, lassen sie dadurch den Schnee um sich herum schmelzen und es bilden sich kleine Hohlräume unter dem Schnee, die ich nicht sehen konnte. Wenn ich auf einen dieser Hohlräume trat, brach ich sofort ein. Das muss mir mehrere Dutzend Mal am Tag passiert sein. Ich stapfte fröhlich vor mich hin und plötzlich, wumms, steckte ich bis zum Hals im Schnee. Dann mühte ich mich mit dem schweren Rucksack auf meinen Schultern ab, wieder hinauszuklettern.

Ein paar Mal wurde ich wütend. Ich fing an, dem Weg die Schuld zu geben. Ich fing an, alles und jedem die Schuld zu geben. Ich sagte nichts davon laut, obwohl ich allein war, aber innerlich tobte ich. Doch irgendwann hielt ich inne und nachdem ich mich beruhigt hatte, sprach ich etwas laut aus. Ich hörte auf, der Welt die Schuld zu geben und sagte zu mir selbst, als würde ich es zu jemand anderem sagen, als würde ich mit einem Teil von mir selbst sprechen, den ich bereit war, zu akzeptieren. Ich sagte: „Weldon, du warst es, der diese Entscheidung getroffen hat. Niemand sonst ist dafür verantwortlich, was du tust, außer du selbst. Hier ist niemand in einem Umkreis von 150 Kilometern. Du bist vollkommen allein. Wenn du überleben willst, musst du dir selbst das Leben retten."

Ich habe es offensichtlich auch geschafft, ansonsten hättest Du diesen Brief nicht erhalten, zumindest nicht bis der Schnee geschmolzen und der Wald voller Wanderer ist und jemand diesen Brief in meiner leblosen, ausgestreckten Hand findet, die sich nach Dir ausstreckt.

Einen der spektakulärsten Momente erlebte ich nach einer der letzten Nächte, bevor ich diesen

Abschnitt des Wanderwegs abgeschlossen hatte. Ich rollte mich wie üblich in meinem Schlafsack zusammen und legte einen Pullover über meinen Kopf. In dieser Nacht schneite es erneut und ich wurde komplett eingeschneit. Als ich am nächsten Morgen aufwachte, bemerkte ich, dass ich vollständig von Schnee bedeckt war, aber es störte mich nicht im Geringsten. Vielmehr verspürte ich ein seltsames Gefühl von Frieden und Stille. Ich lag eine Minute lang ruhig da und fragte mich, ob der Schnee mich begraben hatte, sodass ich nicht in der Lage wäre, zur Oberfläche durchzubrechen. Der Pullover lag noch immer auf meinem Gesicht und ich konnte kein Licht sehen. Aber selbst als ich das dachte, war ich nicht beunruhigt. Ich fühlte mich wohl. Nach einer Weile, wohl mehr aus Neugier als aus Sorge um mich, bewegte ich meinen Arm mit Mühe im Schlafsack nach oben und stocherte im Schnee über meinem Gesicht und helles Licht blendete mich. Ich fühlte mich, als würde ich ein Ei von innen aufschlagen und in einen neuen Tag starten.

Danach grub ich meinen Rucksack aus, rollte meinen Schlafsack zusammen, absolvierte den letzten Aufstieg und fand mich plötzlich am Rand des Crater

Lake wieder. Die Aussicht war atemberaubend. Der See befindet sich am Krater eines Vulkans, der zuletzt vor etwa 8000 Jahren ausgebrochen ist. Die Eruption war heftig genug, um Felsbrocken bis in die Atmosphäre zu schleudern. Ich kam nicht umhin, mich zu fragen, wie viele dieser Gesteinsbrocken bereits in der Sonne verglüht sind und wie viele von ihnen noch immer durch die Unendlichkeit des Weltalls stürzen.

Es ist früh am Morgen und ich mache mich auf zum Fuße des Berges. Ich tauche ein in eine wundersame Welt blühenden Lebens. Ein kleiner Bach fließt den Berg hinunter und plätschert sanft wie fröhliches Gelächter über die bemoosten Steine. Überall ragt der Boden als üppiges, atmendes Grün in die Höhe. Ich weiß, dass das Gekritzel auf dem Papier noch weniger ist, als die Spuren des Kojoten, verglichen mit der Pracht des Lebewesens, das wie ein Geist über den Schnee hinwegzuschweben scheint. Aber im Augenblick ist dies die einzige Möglichkeit, wie ich diesen Moment mit Dir teilen kann und ich kann mir nichts vorstellen, das ich lieber tun würde.

Dein Freund,

Weldon

Liebe Zoe,

es war wundervoll, mit Dir zu sprechen. Ich lief gerade durch eine Stadt, hatte etwas Kleingeld und konnte nicht widerstehen, anzurufen. Danke für Dein Angebot eines R-Gesprächs, aber das konnte ich nicht annehmen. Ich konnte nicht zulassen, dass ich etwas auf Deine Kosten mache, aber ich muss gestehen, ich wollte wissen, ob Du meinen letzten Brief gelesen hast. Wahrscheinlich hast Du ihn inzwischen bekommen. Ich weiß nicht, was der Grund für die Verspätung gewesen sein könnte. Mir gefällt der Gedanke, dass Du womöglich gerade jenen Brief liest, während ich diesen hier schreibe. Ich komme mir außerdem etwas schäbig vor, da ich Dir nicht einmal für den Brief gedankt habe, den Du mir nach Reno geschickt hast. Ich glaube, ich habe ihn an die hundertmal gelesen und das war gerade mal bis heute Morgen.

Nach meiner letzten Klettertour habe ich mich entschieden, eine kleine Pause einzulegen. Aus irgendeinem Grund kam mir immer wieder Dostojewski in den Sinn. Als ich dann durch eine Stadt lief und an einer Buchhandlung vorbeikam, unter dessen Vordach ein Regal mit alten Taschenbüchern stand, fiel mein Blick sofort auf eines seiner Bücher. Ich musste es einfach kaufen und beschloss, hier für eine Weile zu bleiben und es zu lesen.

Ich habe auch schon ein nettes Plätzchen gefunden. Abseits der Straße an einem Bach gibt es einen perfekten Lagerplatz unter einer gewaltigen Douglasie. Der Baum ist ein Riese. Ganz in der Nähe sind Bahngleise, die nach ein paar Kilometern zu einem Laden führen, wo ich Lebensmittel kaufen kann, wenn ich hungrig bin.

Der Bach ist eine angenehme Gesellschaft. Er erinnert mich an den Bach in der Nähe meines Elternhauses. Als Kind habe ich jeden Tag Stunden an diesem Bach verbracht. In gewisser Weise hat mir dieser Bach viel über Erzählstränge beigebracht. Ich lernte jeden Strudel und jede Untiefe kennen und folgte der Anordnung der Steine und der Strömung des Baches. Ich liebte es, nach jedem Sturm ans Ufer hinunterzulaufen und zu schauen, was sich verändert hatte. Mit der Zeit wurde das vom Sturm schlammig trübe Wasser wieder klar und nachdem das Anschwellen durch den Sturm nachgelassen hatte, kam langsam ein neuer Bach zum Vorschein. Die Untiefen hatten sich verschoben, die Steine neu angeordnet, der Bachlauf hatte sich verändert. Er veränderte sich ständig.

Ich liebte es auch, Tiere zu entdecken. Am liebsten hatte ich immer die Schildkröten. Ich liebe sie für ihre Geduld, ihre Ausdauer, ihren ruhigen, eigentümlichen Blick. Ich liebe sie für ihre Gelassenheit. Sie haben alles, was sie brauchen, sogar ihr Zuhause tragen sie auf ihrem Rücken. Und wann immer sie sich ausruhen oder schlafen wollen, ziehen sie sich in ihren Panzer zurück und sind sicher. Was jedoch fast magisch wirkt, ist, zu sehen, wie sie ins Wasser gleiten, als würden sie fliegen, nachdem man sie bei ihren unbeholfenen Schritten an Land beobachtet hat. Eine Last fällt von ihnen ab und sie tanzen elegant, während ihre Zehenspitzen ab und zu sanft den Schlamm berühren, den sie vom Flussbett aufwirbeln, als würden sie ihren Flug mit Verzierungen schmücken.

Meine letzte Wanderung zum Crater Lake scheint mein Verhalten in mancher Hinsicht verändert zu haben. Am auffälligsten ist, wie ich esse. Vorher schlang ich meine Mahlzeiten hinunter, als würde ich hastig eine unliebsame Pflicht erfüllen. Ich habe meine Mahlzeiten nicht genossen. Ich habe ihnen kaum Beachtung geschenkt. Ich habe nur gegessen, um eine Leere zu füllen und das unangenehme Hungergefühl zu vermeiden.

Jetzt esse ich langsam, kaue jeden Bissen, bis er sich praktisch verflüssigt hat. Ich genieße jedes feine Aroma, um herauszuschmecken, wie die verschiedenen Zutaten zu sich ständig verändernden Kombinationen und Zusammenstellungen verschmelzen. Selbst der Anblick einer zubereiteten Mahlzeit hat etwas Heiliges. In gewisser Weise lernt man, Dinge wieder wertzuschätzen. Die meiste Zeit meines Lebens hatte ich die Verfügbarkeit von Nahrung als selbstverständlich angesehen und habe nie darüber nachgedacht, wie kostbar Nahrung eigentlich ist und was alles für ihre Herstellung notwendig ist. Das hat mich an ein Buch von Joseph Campbell erinnert, das ich in meiner Schulzeit gelesen habe. Er sprach von der Bedeutung des Gebetes vor den Mahlzeiten als bewusstes Bemühen einer Person, zu würdigen, was ihr gegeben wurde. Es ist ein Ausdruck der Dankbarkeit.

Schließlich haben viele Tiere und Pflanzen ihr Leben gegeben, damit ich überleben kann. Was mich zu der Frage führt, was von meinem Leben weitergegeben wird, wem mein Leben hilft zu überleben?

Das Gebet war lange Zeit ein heikles Thema für mich. Als Kind habe ich viel gebetet. Ich litt unter Schlaflosigkeit als ich noch klein war und ich hatte nichts anderes zu tun, während ich stundenlang in der Dunkelheit lag, aber ich denke, dass es vielleicht noch etwas anderes gab, jenseits dessen, was ich damals verstehen konnte. Instinktiv glaubt man, dass es etwas Unheimliches in der Dunkelheit gibt, dass sich Monster im Unbekannten versteckt halten, dass jenseits dessen, was wir sehen können, Gefahr lauert. Aber ich glaubte, dass es dort vielleicht etwas Gutes gab, etwas, das es zu verstehen galt. Als kleines Kind habe ich daher ins Dunkel gesprochen und mich gefragt, ob ich eine Antwort erhalten würde.

Als ich etwa 14 Jahre alt war, fiel mir auf, dass ich, wenn ich betete, nur um Dinge oder Verständnis oder Vergebung bat. Das schien mir anmaßend. Es schien eine törichte Art von Magie zu sein, als würde ich versuchen, mir irgendwelche übernatürlichen Kräfte zu unterwerfen, um meinen Willen durchzusetzen, meine Sehnsüchte zu stillen und meine Fehler zu korrigieren. Jetzt glaube ich, dass ich, statt um das zu bitten, was ich will, das nutzen werde, was mir gegeben wurde. Ich bete nicht um Erlösung. Ich würdige das Leben, indem ich mein Potenzial auslebe und ihm gerecht werde. Ich glaube, dass ich mich nur als würdig erweisen kann, indem ich etwas aus mir mache und akzeptiere, dass alles, was ich erreiche, mich mit noch größeren Herausforderungen konfrontieren wird.

Eines Nachts geschah etwas Außergewöhnliches. Ich habe noch immer keine Taschenlampe, deshalb gehe ich früh schlafen, betrachte die Sterne über mir und hänge meinen Gedanken nach bis diese sich in sirupartigen Schlaf verwandeln. Aus irgendeinem Grund oder auch völlig grundlos trommelte ich in jener Nacht mit den Fingern auf meiner Brust. Das Trommeln verursachte einen knisternden, scharrenden Laut auf der Oberfläche meines Schlafsacks. Eine Eule verwechselte diesen Laut offenbar mit einer Maus, die am Boden nach Futter sucht und flog direkt über mich hinweg. Ich hörte es nicht, da diese Tiere speziell angepasste Federn haben, um möglichst leise fliegen zu können und ihre Beute nicht aufzuschrecken, aber ich spürte, wie sich der Luftzug ihres Fluges in Luftwirbeln auf meiner Nase kräuselte und meine Lippen streifte. Für einen kurzen Augenblick war mir, als würde der Sternenhimmel blinzeln, als die breiten Flügel der Eule direkt über mein Gesicht hinwegglitten. Zum Glück begriff sie in letzter Sekunde, dass meine Finger in Wirklichkeit keine Maus waren, denn mit Sicherheit wäre es überaus schmerzhaft gewesen, wenn sich einem die Krallen einer Eule in die Hände bohren. Die Eule hätte sich bestimmt auch erschrocken, wenn sie festgestellt hätte, dass sie etwas gepackt hat, das nicht so leicht in die Höhe gehoben werden kann. Es war trotzdem beeindruckend, einer Eule so nahe zu kommen und sie praktisch im Flug mit meiner Nasenspitze zu berühren, während ich nur still dalag.

Meine Träume während der Nächte sind recht interessant, seit ich unterwegs bin. Viele handeln von Auseinandersetzungen. Ich träume immer wieder, dass ich kämpfe, auch wenn ich nicht sagen kann, mit wem oder wofür. Es gibt jedoch einen Unterschied zu meinen Träumen davor. Ich stecke nicht in der zähen, dicken

Flüssigkeit fest, in der ich mich normalerweise durch meine Träume bewege, als würde ich unbeholfen gegen einen unausweichlichen Widerstand ankämpfen. Stattdessen bewege ich mich frei und mühelos wie ein Profiboxer. Andere Male träume ich davon, mit Leuten zu diskutieren. Ich erörtere bestimmte Aspekte der Lyrik und Mythologie von William Blake, aber ich habe nicht die leiseste Ahnung, mit wem ich diskutiere oder warum.

Letzte Nacht hatte ich einen sehr faszinierenden Traum. Ich stand in einer langen Schlange an einer Suppenküche. Ich bin schon bei einigen gewesen, die dieser ähnlich waren, wenn ich für kurze Zeit in einer Mission gewohnt habe, aber diese habe ich nicht wiedererkannt. Während ich wartete, schaute ich nach links und sah Dich. Du hast auf einem Stuhl gesessen, hast mich angestarrt und hattest einen unbeschreiblich traurigen Ausdruck im Gesicht. Ich kann nicht glauben, was ich dann tat. Ich sah Dich direkt neben mir, nur wenige Schritte entfernt, blieb in der Schlange und schlurfte weiter in Richtung der Suppenportionen. Ich kann mir nicht vorstellen, was ich mehr zum Leben brauchen könnte, als Dich zu trösten.

Wenn ich daran zurückdenke, glaube ich, dass es ein dummer Traum war. Dass ich in Wirklichkeit getan hätte, was ich so gern tun würde, dass ich aus dieser schäbigen Schlange herausgetreten und geradewegs zu Dir gegangen wäre. Ich hätte mich vor Dich hingekniet und hätte Deine zarten Hände in meine genommen. Ich stelle mir vor, wie ich Dich aus diesem deprimierenden Stuhl gehoben hätte und Du den Boden unter Deinen federleichten Füßen verlierst. Ich springe mit Dir in meinen Armen direkt in den Himmel, steige mit den Haufenwolken auf und lege Dich sanft an einem Ort nieder, wo die Sonne immer scheint und die Luft warm und klar ist. Und während ich Dir das Haar aus dem Gesicht streife und Dich zärtlich küsse und mich zu Dir lege, würden sich unsere Körper eng aneinanderschmiegen, sodass nichts auf der Welt zwischen uns kommen kann und jeder Zentimeter unseres Seins einander umarmt und unsere Leben sich überlappen und wie Flüsse dahinfließen, während wir ineinanderfließen und gemeinsam in die Unendlichkeit des Meeres münden.

Ich werde hier abbrechen. Meine Finger sind taub vom Halten des Stiftes. Aber ich mag das. Für eine

Weile bleiben Abdrücke auf meinen Fingerspitzen zurück. Es ist, als würde ich mich gegen etwas stemmen, das ich überwinden will, das ich durchqueren möchte, und vielleicht handelt es sich dabei um die Entfernung zu Dir.

Dein Freund,

Weldon

08. Juni

Liebe Zoe,

Du würdest meine Oma lieben. Ich wohne seit einigen Wochen bei ihr in Oregon City, während ich darauf warte, dass der Schnee in den Bergen schmilzt, dann werde ich wieder in die Wildnis zurückkehren. Sie ist die Mutter meiner Mutter, man könnte auch sagen meine Oma mütterlicherseits, noch besser gefällt mir „Mamas Mama". Das klingt viel wärmer, wie eine weiche Decke, die einen kuschelig und mit sicherer, fürsorglicher Geborgenheit umhüllt. Ich musste für einen kurzen Moment mit dem Schreiben dieses Briefes aufhören, um es wieder und wieder zu sagen, und zu fühlen, wie der Klang meinen Mund mit einem einlullenden Brummton erfüllt. Wenn jetzt jemand an mir vorbeigehen würde, würde derjenige vermutlich denken, ich sei verrückt, wenn ich diese Worte ständig wiederhole. Oder er würde glauben, eine Hummel sei in meinem Mund gefangen. Manchmal werde ich von dem Gefühl eingenommen, den Klang von Wörtern zu formen. Ihre hörbaren Formen sind ganz anders als die Strichmännchen meiner Schrift.

Wie auch immer, meine Oma ist eine

wundervolle Frau. Wir sitzen stundenlang zusammen und sie erzählt mir Geschichten. Zudem ist sie fast schon übertrieben unabhängig. Einmal bin ich für sie einkaufen gegangen, damit sie nicht die schweren Einkaufstaschen nach Hause schleppen muss, und als ich zurückkam, mähte sie den Rasen vor ihrem Wohnwagen. Ich habe mit ihr geschimpft, wenn auch nur in scherzhaftem Ton, so wie wir uns immer gegenseitig necken, denn ich glaube, sie hat mich absichtlich zum Einkaufen geschickt, damit sie den Rasen mähen konnte und mich nicht fragen musste oder vielmehr um zu verhindern, dass ich darauf bestehen würde, es für sie zu tun. Ich habe zu ihr gesagt, dass ich ihr Enkelsohn und somit schließlich derjenige bin, der das für sie tun sollte. Sie hatte bereits meine Mutter und meine beiden Onkel aufgezogen, ihre Arbeit war getan. Jetzt war sie an der Reihe, sich auszuruhen. Jetzt war es an der Zeit, dass sich jemand um sie kümmerte.

Mein Onkel war so nett, mich bei ihnen arbeiten zu lassen und etwas Geld zu verdienen, während ich hierbleibe. Er hat ein Erdbeerfeld außerhalb der Stadt. Er meinte, es sei gut, sich meine Erfahrungen im Gartenbau zu Nutze zu machen, da ich das schon einmal gemacht hatte, und jetzt pflanze ich an seinem Haus Rosenbüsche und Obstbäume für einen kleinen Obstgarten.

Wenn ich über die Erdbeerfelder blicke, überkommt mich jedoch ein seltsames Gefühl. Die diesjährigen Pflanzen haben sie erst gesät und ich kann die winzigen, zarten Triebe aus dem fruchtbaren Boden sprießen sehen. Ich mag es, die Reihen hinunterzublicken und zu beobachten, wie sich die wiederholenden Furchen verändern, während ich im Hof umherlaufe. Ich weiß, dass jede Reihe praktisch gleich ist, aber je nachdem wo ich stehe, sehen sie alle unterschiedlich aus. Einige Reihen verlaufen parallel zu meinem Blick und geradlinig entlang der Längsseite des Feldes, andere jedoch krümmen sich in eigenartigen Rhythmen wie die schimmernde, schwingende Struktur von gewebten Seidenstoffen. Im Unterschied zu Seidenstoffen handelt es sich bei den Fäden jedoch um kleine Schösslinge des Lebens und dieses Feld wird sich, einem Schmetterling gleich, in Abertausenden kleinen, saftigen, rubinroten Früchten erheben. Ich weiß, dass alle Furchen ordentliche Reihen bilden, und wenn ich das Feld von oben sehen würde, könnte ich das ohne Probleme erkennen, aber von da, wo ich stehe, kann ich nur einige wenige Reihen auf einmal sehen, während ich mich bewege, um einen Birnbaum nach dem anderen zu pflanzen.

Ab und zu glaube ich fast, meine Mutter in den Feldern arbeiten zu sehen. Sie hat mir oft davon erzählt, und glaube mir, sie würde es mich nicht vergessen lassen, dass sie als Kind die Sommer zumeist mit ihren Brüdern und ihren Eltern in den Erdbeerfeldern mit Pflücken verbracht hat. Ich habe vergessen, wie viel sie damit genau verdient hat, aber ich glaube, es waren so um die 50 Cent. Damals hatten sie kaum eine andere Wahl, sie kämpften ums Überleben. Das Geld, das sie verdient hatte, gab sie ihren Eltern, nachdem die Sonne untergegangen war und es kühl und dunkel wurde.

Es tut mir weh, mir das alles vorzustellen. Die Erdbeersträucher sind sehr flach, weshalb es leichter ist, kriechend zu arbeiten und ich kann meine Mutter vor mir sehen, wie sie als zarte 5-Jährige durch den Schmutz kriecht und die Holzkisten hinter sich herzieht. Das Schlimmste jedoch ist, auch wenn ich weiß, dass meine Großeltern dies niemals getan haben, dass viele der Kinder von ihren Eltern geschlagen wurden, wenn die Erdbeeren, die sie zur Wiegestation brachten, Druckstellen hatten oder gar zerquetscht waren.

Während ich darüber nachdachte, erinnerte ich mich an etwas, das ich Dir in einem meiner Briefe geschrieben habe. Es war die Geschichte von mir, als ich ein Kind war und meiner Mutter sagte, dass ich niemals Kinder haben wolle. Jetzt denke ich, dass ihr das sehr wehgetan haben muss. Ihr eigenes Kind so etwas sagen zu hören und den Schmerz zu sehen, den dieses kleine Kind empfindet, muss einer Mutter das Gefühl gegeben haben, dass es ihre Schuld ist. Sie hat womöglich geglaubt, dass sie diesen Schmerz versehentlich verursacht hat.

Jetzt scheint diese verwirrende Aussage vielmehr ein Grund zu sein, sich zu schämen. Jahrelang dachte ich, dass ich diese Aussage aus dem unschuldigen Gemütszustand eines kleinen Kindes heraus gemacht hatte. Dass ich beschlossen hatte, das Leid in der Welt zumindest in kleinem Maße zu lindern. Jetzt wird mir klar, dass ich diese Aussage aus schierem Mangel an Rücksicht gemacht habe. Ich habe nur an mich selbst gedacht, an meinen eigenen kindischen Wunsch, dem Unbehagen, das ich fühlte, ein Ende zu setzen. Ich habe nur darauf geachtet, was ich fühle, ohne mein Bedürfnis etwas zu fühlen, zu berücksichtigen, also nicht nur zu fühlen, was ich wollte, sondern die Wirklichkeit zu fühlen. Ich akzeptiere jetzt, was ich damals gesagt habe, auch meine Scham darüber, es gesagt zu haben. Doch statt mich hinter meiner Scham zu verstecken, gestehe ich sie mir ein und nehme sie als einen Teil meines Lebens an. Ich akzeptiere sie mit einem gewissen Maß an Verständnis und frage mich jetzt, was ich noch übersehen und ignoriert habe.

Ich versuche, mir bewusst zu machen, dass ich immer etwas übersehe. Genau genommen habe ich mich damit abgefunden, dass ich von dem Wenigen, das ich wahrnehme, nahezu alles übersehe. Ich erinnere mich, dass ich einmal als Kind durch den Wald gelaufen und an einem Gebüsch vorbeigekommen bin. In diesem Gebüsch direkt neben mir saß ein winziger Vogel. Ich war fast ein wenig erschrocken, als ich ihn sah und konnte nicht fassen, dass er nicht weggeflogen war. Er war so nah, dass ich ihn hätte berühren können, und obwohl er grazil auf einem Zweig hockte, wirkte er wie versteinert. Es schien unwirklich, denn bei jedem

Erlebnis, das ich zuvor mit Vögeln gemacht hatte, waren sie weggeflogen, wenn ich mich ihnen genähert hatte. Dann wurde mir klar, dass er geglaubt hatte, vollständig vor mir verborgen zu sein und erwartet hatte, dass ich vorbeigehen würde, ohne etwas zu bemerken. Ich überlegte, wie oft ich womöglich schon an Büschen vorübergegangen war, ohne die Vögel darin zu bemerken. Mir wurde klar, wie viel ich, von meinem Sehvermögen überzeugt, verpasste, während ich eigentlich nur das wirklich wahrnahm, was ich erwartet hatte zu sehen.

Während ich heute in der heißen Sonne arbeitete und an diese fernen Erinnerungen zurückdachte, stellte ich mir die Traurigkeit und den Schmerz vor, den meine Mutter verspürt haben musste, als sie mich das als Kind hatte sagen hören. Damals konnte ich das nicht sehen. Ich hatte meine Augen nicht weit genug geöffnet, um jemand anderen wahrnehmen zu können. Ich habe die Gefühle anderer nie wirklich berücksichtigt. Ich kannte nur meine eigenen Gefühle.

Während ich darüber nachdachte, schaute ich übers Feld und mir war, als würde ich meine Mutter sehen, wie sie als Kind den Schweiß mit dem Rücken ihrer winzigen Hand von ihrer Augenbraue wischt und sie zu mir aufsieht und ich sie zärtlich und liebenswert lächeln sehe.

Dein Freund,

Weldon

Liebe Zoe,

das Foto, das Du mir geschickt hast, ist wunderschön, oder vielmehr Du bist auf dem Bild noch schöner, als ich Dich in Erinnerung habe. Nein, warte, so meine ich das nicht. Siehst Du? Es fällt mir immer noch schwer, auszudrücken, was ich meine. Kann ich nicht einfach sagen, dass Du schön bist, ohne zu versuchen, Dich mit etwas anderem zu vergleichen? Kann ich Deine Schönheit nicht einfach als das sehen, was es ist? Danke, dass Du mir das Foto geschickt hast.

Ich hoffe, es macht Dir nichts aus, aber ich bewahre es in dem Buch auf, das ich gerade lese. Ich habe mich gefragt, ob Dich das verletzen könnte und habe darüber nachgedacht und mir überlegt, vielleicht verhält es sich wie mit einer Blume, die zwischen den Seiten aufbewahrt wird. Aber ich weiß, dass dem nicht so ist, denn ich würde Dich nicht an ein Buch fesseln wollen, ich will nur, dass Du Dein Leben so lebst, wie Du es leben willst. Außerdem, wenn Dein Foto eine Blume wäre, dann müsste sie gepflückt werden, und das wäre noch viel schlimmer. Andererseits dachte ich, dass es Dir so vielleicht zeigen könnte, was ich gerade lese, und Dir so auch einen Teil von mir zeigen.

Deine Briefe sind wundervoll. Danke, dass Du sie geschrieben und mir geschickt hast. Ich lese sie ständig. Ich kann Dich beinahe reden hören. Ich schließe meine Augen und wiederhole die Zeilen, die ich praktisch auswendig kenne, und versuche, mir vorzustellen, Du wärst hier bei mir. Danke, dass Du Deine Gedanken mit mir teilst.

Ich habe Oregon City verlassen und setze meinen Weg durch die Wildnis fort. Die Aussicht ist immer wieder herrlich. Ich habe mir in einer Eisenwarenhandlung einen kleinen Gaskocher gekauft, mit dem ich Porridge und Makkaroni mit Käse kochen kann. Obwohl Sommer ist, wird es auf den zu erklimmenden Bergkämmen kühl und die warmen Mahlzeiten sind angenehm wohltuend.

Das Gebirge der Cascades ist eine beeindruckende Kette von Vulkanen. Tag für Tag sehe ich, während ich unterwegs bin, einen von ihnen bedrohlich vor mir auftauchen, sehe, wie er mit jedem Blick, den ich von ihm durch die dichten Wälder erhasche, langsam größer wird und ich mich dann plötzlich an seinem Fuß wiederfinde und er gewaltig vor mir aufragt. Dann laufe ich um ihn herum und er wird langsam kleiner hinter mir, während vor mir schon der nächste auftaucht.

Es tut mir leid, dass ich in letzter Zeit nicht viel geschrieben habe. Man könnte glauben, dass ich alle Zeit der Welt habe, zu schreiben, und ich hoffe, Du hast Dir keine Sorgen gemacht, aber ich habe mir noch immer keine Taschenlampe gekauft. Ehrlich gesagt, habe ich noch nicht einmal ein Zelt, was absurd ist, wenn man bedenkt, dass ich durch einen gemäßigten Regenwald laufe. Aber jemand, der mich mitgenommen hat, hat mir eine Plane geschenkt, da er mich für völlig bescheuert hielt, da ich ohne jeglichen Schutz vor Nässe wandere. Und ich habe mir für 2 Dollar eine Hängematte gekauft. Wenn es nicht regnet, schlafe ich einfach auf dem Boden. Wenn es aber regnet, spanne ich die Hängematte auf, zieh mir die Plane über den Kopf und bleibe so trocken. Außerdem ist das alles vermutlich auch leichter als ein Zelt, ganz zu schweigen davon, dass es billiger ist. Je weniger ich von dem Geld, das ich habe, ausgebe, desto länger komme ich aus, ohne anzuhalten und mir einen Job suchen zu müssen. Daher strecke ich jeden Cent, so weit ich kann.

Die beste Zeit zum Schreiben, wäre für mich nachts, aber ohne Taschenlampe ist das unmöglich, es sei denn, Du willst versuchen, Briefe mit krakeligen Zeilen, die blindlings und unleserlich über die Seiten irren, zu lesen. In dem Fall würde die verstreute Schrift mehr eine Art Illustration sein, statt meine Wanderungen zu beschreiben, und wäre noch schwerer, wenn nicht gar unmöglich, zu verstehen.

Solange es hell ist, laufe ich. Dann rolle ich meinen Schlafsack aus, koche mir rasch eine Portion Makkaroni mit Käse und lege mich schlafen. Ich mache mir nie die Mühe, ein Feuer zu machen. Das scheint mir reine Zeitverschwendung zu sein. Mir ist, in meinen Schlafsack eingemummelt, warm genug und auch wenn ein Lagerfeuer für helles Licht sorgen würde, könnte man doch nur ein paar Meter weit sehen, während ich in der Dunkelheit bis zu den Sternen sehen kann.

Zurzeit bin ich nicht auf dem Fernwanderweg unterwegs. Bei den größeren Gebirgspässen mache ich meist Halt und trampe in die nächstgelegene Stadt, um Proviant zu kaufen und meinen Müll zu entsorgen. Als ich dieses Mal auf dem Weg in die Stadt war, hat mir jemand von einem Festival erzählt, das etwas außerhalb von Eugene stattfand und ich dachte mir, dass ich mir das mal ansehen sollte.

Das Festival war interessant. Es ist ein Counter Culture Festival, das seit den frühen siebziger Jahren jeden Sommer veranstaltet wird. Ich habe einen Job bei der Truppe, die die Recycling-Tonnen leert, erhalte so Mahlzeiten und habe freien Eintritt auf dem Festival.

Es gab viele Stände, an denen Leute alle möglichen Arten von alternativen Energien und verschiedene Ideen zur Gestaltung der Gesellschaft diskutiert haben, aber um ehrlich zu sein, war ich größtenteils enttäuscht. Viele der Leute dort scheinen die Vergangenheit, das Leben der Jäger und Sammler mit den unweigerlich strikten sozialen Stammeshierarchien, die etwas absurd sind, zu romantisieren. Meiner Meinung nach hat sich die Gesellschaft weiterentwickelt.

Zweifellos kenne ich die Anstrengungen des Lebens in der Wildnis aus erster Hand. Ich muss gestehen, dass einen Wasserhahn aufzudrehen und sofort warmes Wasser zu haben, ein Luxus ist, den ich zu schätzen gelernt habe. Die meiste Zeit über bin ich ziemlich verdreckt und definitiv nicht in einem

Zustand, in dem ich von Dir gesehen werden möchte. Ich wasche mich durchaus in der Wildnis, indem ich in kalte Flüsse springe, die von der Schneeschmelze in den Bergen überlaufen, aber manchmal tun mir die Leute, die mich in ihren Autos mitnehmen, doch leid, denn ich weiß, dass ich furchtbar stinken muss.

Ich würde aber nicht sagen, dass das nur schlecht ist, zumindest vorerst. Ich erinnere mich, dass ich, als ich bei meiner Oma ankam, sofort von ihr unter die Dusche geschickt wurde. Während ich mich wusch, konnte ich sehen, wie das Wasser immer schmutziger wurde, als ich den Dreck von mir abspülte. Dieser Anblick gab mir das Gefühl, mich zu erfrischen, mich zu erneuern. Aber an jedem darauffolgenden Tag, während ich bei ihr wohnte, selbst nach Tagen harter Arbeit bei meinem Onkel, ging ich unter die Dusche und das Wasser, das an meinem Körper herunterlief, blieb sauber. Ich hatte das Gefühl, dass ich durch das Waschen nichts erreichte. Das Wasser wurde nur durch den Seifenschaum getrübt. Mir schien, als könnte ich mich nicht sauber fühlen, ohne mich vorher dreckig gemacht zu haben.

Das klingt vermutlich etwas eklig und es ist mir auch etwas unangenehm, Dir diesen Brief zu schicken. Wenn Du mich wiedersiehst, verspreche ich Dir, mich gewaschen zu haben und saubere Kleidung zu tragen. Dies bringt mich dazu, Dir etwas zu gestehen. Ich will Dir sagen, dass ich immer noch Jungfrau bin. Ich weiß nicht, wie Du darüber denkst. Ich weiß, dass das bei Jungs für Stirnrunzeln sorgt und ein Grund zur Scham ist. Ich weiß nicht, ob Du auch noch Jungfrau bist und für mich spielt das auch keine Rolle. Ray hat in der Hinsicht nie etwas über Euch beide gesagt. Er war immer ein Gentleman und neigte nie zu irgendeiner Form von großspuriger Prahlerei. Ich schätze, das war einer der Gründe, für den ich ihn bewundert habe. Er war charakterstark genug, als dass er die übliche Bestätigung gebraucht hätte, nach der andere immer gestrebt haben.

Du musst darauf nicht eingehen, wenn wir uns das nächste Mal sprechen. Ehrlich gesagt, habe ich das Gefühl, dass ich es gar nicht erst hätte erwähnen sollen. Wie ich bereits sagte, spielt es für mich keine Rolle, aber ich wollte Dir gegenüber offen und ehrlich sein. Ich will Dir zeigen, was ich wirklich bin und das ist etwas, das ich mit Sicherheit weiß.

Dein Freund,

Weldon

PS: Normalerweise überfliege ich meine Briefe noch einmal, bevor ich sie in einen Umschlag stecke. Das erklärt auch die vielen durchgestrichenen Wörter und Korrekturen. Ich hoffe, meine Briefe vermitteln nicht den Eindruck einer verwirrten Person, auch wenn ich mich oft so fühle. Aber diesen Brief nochmals zu lesen, macht mich nervös. Ich frage mich, ob ich mich nicht vielleicht überfordert habe und ich hoffe, dass Du jetzt keinen schlechten Eindruck von mir hast. Ich habe mich entschieden, diese kurze Erklärung fertig zu machen und den Brief dann in einen Umschlag zu stecken, ihn zuzukleben, zu adressieren und eine Briefmarke draufzukleben, Du wirst ihn also so oder so erhalten. Aber ich werde mir noch etwas Zeit lassen, darüber nachzudenken, ob ich ihn Dir schicke. Vielleicht entschließe ich mich auch, ihn Dir persönlich zu geben, dann kannst Du ihn lesen, während ich bei Dir bin oder ich lese ihn Dir vor.

Liebe Zoe,

bitte entschuldige, dass ich so lange nicht geschrieben habe. Ich bin immer noch mitten in der Wildnis und das schon seit Monaten. Jetzt gerade bin ich an der Columbia Gorge, der Felsenschlucht des Columbia River, und eben über die Brücke der Götter gelaufen. Der Name leitet sich von einer Legende der Ureinwohner Nordamerikas ab. Es gibt drei Vulkane in der unmittelbaren Umgebung. Mount Adams ist der Größte von ihnen und befindet sich nördlich der Schlucht, etwas näher an Mount St. Helens. Mount Hood befindet sich südlich der Schlucht. Die nordamerikanischen Ureinwohner glaubten, dass die Berge Götter wären. Aus eigener Erfahrung kann ich sagen, dass ich dem, nachdem ich am Fuße dieser Berge gestanden habe und sogar in Richtung ihrer Gipfel geklettert bin, nicht widersprechen würde. In der Sage ist Mount Adams mit Mount St. Helens verheiratet, aber Mount Hood macht ihr weiterhin den Hof. Er kann jedoch den Fluss, den Columbia River, nicht überqueren, also sorgt er für einen Erdrutsch, der den Fluss komplett aufstaut und er so auf die andere

Seite gelangen kann, um sie des Nachts zu besuchen.

Der Erdrutsch hat sich tatsächlich vor Tausenden von Jahren ereignet, den Fluss gestaut und so einen großen See entstehen lassen. Irgendwann stieg das Wasser bis zum Rand des Erdrutsches. Zuerst war es nur ein kleines Rinnsal, aber das wurde nach und nach größer und schwoll so stark an, bis es zu einer Sturzflut kam und der Damm hinweggespült wurde. Was blieb, war massives Gestein, das eine Art Wasserfall aus Stromschnellen bildete. Jetzt wird der Fluss von der Bonneville Staumauer gestaut und die Stromschnellen liegen unter Wasser, aber die Straßenbauingenieure haben eine Auslegerbrücke gebaut, die sich übers Wasser spannt und über diese Brücke bin ich gelaufen. Um die Brücke leichter zu machen, haben die Ingenieure die Straße aus einem Metallgitter gefertigt, so konnte ich, als ich über die Brücke lief, den Fluss unter mir sehen. Verwunderlich war jedoch, dass ich die Brückenmaut zahlen musste, obwohl es keinen Fußweg gab. Ich habe also nicht für Annehmlichkeiten bezahlt, die hinsichtlich meiner Art der Fortbewegung geschaffen wurden. Ich musste den Autos ausweichen, während ich hinüber auf die andere

Seite lief, aber ich schätze, das war es wert, denn es war immer noch leichter, als zu schwimmen.

Auf einem der Abschnitte des Pacific Crest Trail habe ich einen Mann aus Kalifornien getroffen, mit dem ich mehrere Tage lang zusammen gewandert bin. Er war ein faszinierender Mensch. Er hat erzählt, dass er sich die Sommer über freinimmt, sobald er ein paar Kilos zu viel auf den Rippen hat, und diesen Weg wandert. Er sagte, dass er den kompletten Wanderweg schon mehrere Male gelaufen sei, allerdings in Abschnitten über mehrere Jahre hinweg, und immer wieder zu seinen Lieblingsetappen zurückkehren würde. Ich finde, in gewisser Weise kann man den Wanderweg mit einem Buch vergleichen, das man hat, und nachdem man dem langen, sich windenden Erzählfaden durch verschiedene Episoden und Verwicklungen gefolgt ist und sich die Leben der Figuren miteinander verweben, kann man zu einzelnen Abschnitten zurückkehren und seine Lieblingsstellen noch einmal lesen.

Er ist ein begeisterter Leser und einmal erzählte ich ihm von einigen Büchern, die ich gelesen hatte und von denen ich glaubte, dass ich sie erneut lesen sollte.

Er meinte, ich sei zu jung, um mir Gedanken darüber zu machen, Bücher noch einmal zu lesen. Ich konnte dem nicht vollständig zustimmen, aber dann sagte er etwas, das mich wirklich erstaunte. Er meinte, dass er es immer interessant gefunden habe, Bücher erneut zu lesen, die er gelesen hatte, als er jünger war, da sich zwar die Bücher nicht verändert hätten, dafür aber das Lesen. Und auf diese Weise würden ihm die Bücher zeigen, wie er sich verändert hatte und auch inwieweit er derselbe geblieben war, und er betonte – vor allem inwieweit er noch immer derselbe war.

An einem Abend, nachdem wir gegessen hatten, unterhielten wir uns über verschiedene Dichter und natürlich fing ich an, gegen William Blake zu wettern, als wäre ich drauf und dran, einen meiner verrückten Träume zu verwirklichen. Irgendwann fing er an, ein Gedicht vorzutragen. Es war „Und dem Tod soll kein Reich mehr bleiben" von Dylan Thomas. Ich bat ihn so viele Male, es mir noch einmal vorzutragen, dass er schon bald ein wenig genervt zu sein schien, was mich überraschte, denn ich hätte nie gedacht, dass meine Sturheit solch einen geduldigen und gütigen Menschen nerven könnte, aber ich vermute, ich kann sturer sein, als ich gedacht hätte.

Irgendwann jedoch trennten sich unsere Wege. Ich erreichte Mount Hood. Am Berg führt der Weg bis über die Baumgrenze und während ich lief, zog ein Sturm auf. Da ich mich jenseits der Baumgrenze befand, gab es nichts, woran ich meine Plane befestigen konnte, also beschloss ich, über den Sturm hinwegzuklettern. Als der Sturm schließlich losbrach, befand ich mich bereits über ihm. Ich stand in der klaren kühlen Luft, ohne eine Vorstellung von den starken Winden zu haben, die unter mir hinwegfegten. Ich konnte die Gipfel anderer Berge sehen, die wie winzige Inseln in einem Ozean aus Niederschlag wirkten.

In dieser Nacht schlief ich in der Nähe des Berggipfels, wenngleich ich es nicht bis ganz nach oben geschafft hatte. Einmal schlängelte ich mich an einem Felsvorsprung entlang und musste an einem Felsbrocken vorbei, aber während ich versuchte, ihn zu passieren, löste er sich, was doch etwas beängstigend war. Vertrau mir, du willst nicht in 30 Meter Höhe auf einem Felsvorsprung festsitzen und in waghalsiger Grätsche einen Felsbrocken ausbalancieren. Natürlich konnte ich nicht für immer dort stehen und ihn im Gleichgewicht halten, also sprang ich zur Seite und noch ein Stück den Felsvorsprung herunter und der riesige Felsbrocken drehte sich mit einem rauen Knirschen und stürzte dann lautlos in die Tiefe, bevor er unten in einer Schneewehe landete.

An diesem Punkt gab ich meine geplante Gipfelbesteigung offiziell auf. Ich saß stundenlang auf dem Felsvorsprung und betrachtete die Nordseite des Berges, die mit zerfurchten Gletschern bedeckt war, deren tiefe, geheimnisvolle Spalten in majestätisches Blau übergingen, bevor sie in die tiefe Dunkelheit stürzten. Während ich dort saß, konnte ich Felsbrocken den Berg herunterfallen hören. Ich konnte sie nicht sehen, aber ich konnte hören, wie sie sich überschlugen und gegeneinanderstießen, als sie an den Steilhängen entlang hinunterstürzten. Ich wusste, dass das nur Erosion war oder wir es zumindest so nennen, aber für mich klang es nicht so, als würde der Berg zerbröckeln. Es klang, als würde er wachsen, als könnte ich das Pulsieren in seinen Adern fühlen, das Anschwellen flüssigen Gesteins, das den Berg in die Höhe drückt, und die Felsen waren wie die Rinde an einem Baum, die abblättert, um sich dem neuen Wachstum anzupassen.

Während ich auf diesem Felsvorsprung saß, ging mir immer wieder der Titel des Gedichtes durch den Kopf: „Und dem Tod soll kein Reich mehr bleiben". Obwohl ich den Mann das Gedicht unzählige Male wiederholen lassen hatte, versuchte ich nicht einmal, mich an bestimmte Zeilen zu erinnern. Das komplette Gedicht fügte sich wunderbar zusammen und entwickelte sich wie das Leben selbst: sich rhythmisch, beharrlich, unbeugsam und wunderschön steigernd, jede Zeile verstreute Teile bestimmter Fehler und Versagen beschreibend, um sie dann zu Bildern und Gedanken glorreichen Durchhaltevermögens und glanzvollen Triumphs verschmelzen zu lassen. Ich dachte, dass, wenn ich versuchen würde, mir nur einzelne Teile ins Gedächtnis zu rufen, das große Ganze, das ich im Innern spürte, in sich zusammenfallen könnte. Ich hoffe, Du schlägst das Gedicht nach. Du hast vermutlich schon einige seiner Gedichte. Das würde mich nicht überraschen. Ich kann beinahe das Buch in Deinem Regal stehen sehen. Aber wenn Du es lesen solltest, bitte lies es laut. Ich weiß, wir sind weit voneinander entfernt, aber ich werde versuchen, aufmerksam zuzuhören. Ich würde liebend gern hören, wie Du diese Zeilen vorträgst und ich glaube, ich kann es, wenn ich nur auf dem Gipfel dieses Berges bleibe.

Dein Freund,

Weldon

Liebe Zoe,

unser Telefongespräch neulich hat mir mehr bedeutet, als Du Dir vorstellen kannst. Ich wollte nichts sagen, während wir uns unterhalten haben, aber die Wahrheit ist, dass ich Dich vom Gefängnis aus angerufen habe. Als ich mit Dir gesprochen habe, habe ich den Hörer in meinen mit Handschellen gefesselten Händen gehalten. Ich saß mit Polizeibeamten an einem Schreibtisch.

Zuallererst möchte ich Dir etwas erklären, das ich gesagt habe. Als Du mir gesagt hast, dass Du zu mir rausfahren und mit mir zusammen sein willst, konnte ich dem auf keinen Fall zustimmen. So sehr ich auch mit Dir zusammen sein wollte, so sehr ich noch immer mit Dir zusammen sein will, ich könnte Dir das niemals antun. Ich weiß, aus den Briefen mag sich das, was ich tue, ziemlich beeindruckend und befreiend anhören, und in mancher Hinsicht ist es das auch, aber es ist mehr als das und ich will nicht, dass Du Dein Leben wegwirfst, so wie ich es möglicherweise mit meinem eigenen getan habe.

Während ich im Gefängnis saß, habe ich eine ganze Menge Bücher gelesen. Eigentlich ist das so ziemlich alles, was ich getan habe. Ich lag lesend auf dem Bett und bin lesend eingeschlafen. Während ich schlief, dachte ich mir im Traum Geschichten aus. Wirklich gelesen habe ich jedoch kaum. Meine Augen haben die Seiten nur flüchtig gestreift, während ich mir unentwegt Gedanken gemacht und versucht habe, mich daran zu erinnern, was geschehen war.

Ich war dumm, dumm, dumm, dumm! Ich habe mich betrunken. Aus irgendeinem Grund dachte ich, es sei eine gute Idee, in eine Bar zu gehen und sich ein paar Drinks zu genehmigen. Ich habe Monate damit verbracht, den gesamten Bundesstaat von Oregon und halb Washington zu durchqueren, dann bin ich zurück nach Nevada getrampt, um Geld abzuheben, dass ich noch von meinem Job in Reno auf der Bank hatte und ich dachte, ich sollte das feiern. Ich bin in einen anderen Bundesstaat getrampt, habe in einer Stadt Halt gemacht und habe eine Bar gefunden. Ich habe mich natürlich ziemlich dämlich angestellt, habe Leuten Drinks spendiert, Whiskey getrunken und dann das Bewusstsein verloren. Das nächste, woran ich mich erinnern kann, ist, dass ich im Gefängnis aufgewacht bin und bis zur Verlesung der Anklage keine Ahnung hatte, was ich getan hatte.

Mir ist immer noch unklar, was in dieser Nacht passiert ist. Ich saß zwei Wochen lang im Gefängnis. Einmal wurde ich für ein Gutachten in eine psychiatrische Klinik gebracht. Ich wurde untersucht, dann kamen sie mit der Diagnose zurück ins Zimmer und mit einem spöttischen Lächeln sagten sie, dass ich in einer Fantasiewelt leben würde. Ich sah sie an und sagte: „Schauen Sie sich um. Jeder einzelne Gegenstand, der uns in diesem Raum umgibt, ja sogar der Raum selbst, ist ein verwirklichter Gedanke. All diese Dinge sind die Verwirklichung von jemandes Vorstellungskraft. Wir leben alle in einer Fantasiewelt." Das gefiel ihnen natürlich nicht und sie schickten mich unverzüglich zurück ins Gefängnis.

Schließlich musste ich vor Gericht, ich stand vor dem Richter und offenbar war in dieser Nacht eine ganze Menge geschehen. Man sagte mir, dass man mich gegen die Mindestgeldstrafe für die vorliegenden Anschuldigungen freilassen würde, wenn ich bereit wäre, ein Schuldeingeständnis zu unterschreiben. Also habe ich 60 Dollar bezahlt, mir wurde gesagt, dass ich den Bundesstaat verlassen muss und man hat mich gehen lassen. Man hat mich sogar zur Bushaltestelle gefahren.

Während ich im Gefängnis war, wurde mir jedoch etwas Erschreckendes klar. Seit einem Jahr ziehe ich durchs Land und habe mich völlig frei gefühlt. All die Ketten, die mein Leben gefesselt haben, wurden gesprengt. In all den Träumen, in denen ich gekämpft habe, was immer es auch war, das ich in Gedanken bekämpft habe, es wurde zahllose Male geschlagen. Doch dann, ganz plötzlich, wurde mir die Freiheit, die ich spürte, weggenommen. Ich wurde von einem, der wie ein Vogel in den Himmel steigt, zu einem, der mit fünfzehn anderen Typen in einen Käfig gesperrt wird, zusammengepfercht auf Doppelstockbetten in einem vier mal vier Meter kleinen Raum hinter Gittern. Offenbar befand ich mich im dritten Stock, aber ich hätte genauso gut 3000 Meter unter der Erde sein können. Es war nicht angenehm. Es war keines der neueren Gefängnisse mit Betonwänden und massiven Stahltüren, wo jeder eine Zelle für sich hat. Es war eine Horde, zusammengepfercht in einem Käfig. Es waren ganze Reihen von übereinandergestapelten Käfigen in der mit metallischem Klirren angefüllten Dunkelheit.

Als ich anrief, konnte ich Dir auf keinem Fall sagen, was passiert war, selbst wenn ich es gewusst hätte, und ich konnte Dir keinesfalls sagen, wo ich war. Ich wollte Dich nicht dem aussetzen, was ich gerade erlebte. Ich wollte nicht, dass Du weißt, wo ich war. Ich wollte nicht einmal, dass Deine Gedanken bei mir dort drin sind. Ich dachte nur, dass, wenn es eine letzte Stimme gab, die ich in meinem Leben hören wollte, diese Stimme Deine gewesen wäre.

Du wirst durch den Poststempel sehen, dass ich diesen Brief von irgendwo außerhalb des Great Basin Nationalparks abgeschickt habe. Ich habe mir hier eine Busfahrkarte gekauft und werde zurück in die Wildnis gehen. Dort fühle ich mich sicher. Ich schäme mich, Dir diesen Brief zu schreiben. Ich brauche Zeit, um nachzudenken und allein zu sein. Bitte mach Dir keine Sorgen um mich. Warte nicht auf mich. Ich will nicht, dass Du an einer Hoffnung festhältst, der ich womöglich nicht gerecht werden kann. Es ist beschämend, zu wissen, dass ich Dir das antue, während ich das ganze letzte Jahr ziellos umhergestreift bin. Finde jemanden, der sich wirklich um Dich kümmern kann. Finde jemanden, der Dich lieben kann.

Das hast Du mehr verdient als alles andere. Jemanden wie mich hast Du nicht verdient. Es tut mir leid.

W. Keyes

Liebste Zoe,

ich weiß nicht, wie Du Dich nach dem letzten Brief gefühlt hast. Ich weiß, dass ich ziemlich am Boden war, als ich ihn schrieb und falls ich meinen Kummer auf Dich abgewälzt habe, wäre das beschämend, beschämend für mich. Ich kann nur hoffen, dass Du nicht dermaßen sauer auf mich bist, dass Du diesen Brief weggeworfen hast, ohne ihn zu öffnen. Ich weiß, dass das womöglich der Fall ist, und wenn dem so ist, kann ich das sehr gut verstehen. Tatsächlich fällt es mir nicht allzu schwer, mir vorzustellen, wie dieser Umschlag in eine Mülltonne fliegt und ungeöffnet obenauf liegt, bevor Berge von Müll und Abfall darüber ausgekippt werden. Ich kann mich selbst darin lautlos begraben sehen. Ich weiß, dass ich das verdiene.

Aber falls Du dies hier doch liest, und ich kann nur hoffen, dass dem so ist, möchte ich Dir erzählen, was mir im Great Basin Park passiert ist. Allerdings, jetzt wo ich das so sage, bin ich ein wenig angewidert. Ich habe das Gefühl, als würde ich vor Dir stehen und Dich flehentlich bitten und von Dir verlangen: „Mich, mich, mich. Hör mich an, hör mich an." Ich komme mir lästig vor. Ich komme mir widerlich vor. Falls Du mich dennoch ein letztes Mal ertragen kannst, wird es das letzte Mal sein, dass ich Dich um etwas bitte.

Der Bus ließ mich am Eingang des Parks aussteigen und eine Parkrangerin war so freundlich, mich in den Park mitzunehmen. Sie kehrte in den Park zurück, nachdem sie das Wochenende freigehabt hatte. Sie fragte mich, was ich vorhatte und ich meinte, dass ich für ein paar Tage wandern wollte. Irgendwie erwähnte ich, dass ich keine Taschenlampe hatte. Sie sagte, ich sei verrückt, ohne eine Taschenlampe in der Wildnis zu übernachten. Sie bestand darauf, eine von denen zu nehmen, die sie im Auto hatte und schließlich nahm ich an.

Die ersten paar Tage brachte ich damit zu, einen Bergkamm hinaufzusteigen. Ich kletterte bis auf eine Höhe, die ich bisher noch nie erreicht hatte, fast 4000 Meter, was noch weit vom Gipfel des Everest entfernt ist, dennoch, die Luft war dünn und die Sicht weit. Ich folgte dem Bergkamm ein Stück bergab und oberhalb der Baumgrenze traf ich auf etwas Erstaunliches. Es gibt hier einen Baum mit dem Namen Langlebige Kiefer. Wenn diese Bäume unterhalb der Baumgrenze wachsen, ähneln sie den meisten anderen Nadelbäumen. Aber manchmal wachsen sie auch oberhalb der Baumgrenze auf extrem trockenem und felsigem Boden. Wenn sie in dieser besonders rauen Umgebung wachsen, den Elementen ausgesetzt sind und der Wind über sie hinwegfegt, wachsen sie praktisch ewig. Sie sehen aus wie Bonsai, nur dass sie so groß wie Häuser sind. Ich habe ein paar der größeren berührt. Manche von ihnen sind älter als die Pyramiden, älter als Stonehenge und existieren immer noch. Sie leben Tausende von Jahren. Ich habe die Geduld von Bäumen immer bewundert, aber diese paar Bäume sind älter als die menschliche Zivilisation.

Ich habe in jener Nacht bei der Baumgruppe übernachtet und hatte einen herrlichen Traum. Ich habe nicht von Diskussionen geträumt. Ich habe nicht vom Kämpfen geträumt. Ich habe mir wirklich schon Sorgen wegen dieser Träume gemacht. Ich wusste nicht, wieso ich gekämpft hatte. Ich wusste nicht, wofür ich gekämpft hatte. Ich hatte nur das Gefühl, ich wäre Teil einer ständigen Auseinandersetzung. Das hat mich an die Szene in „Panzerkreuzer Potemkin" erinnert, wo alles tobt und kämpft und alle derart im Gedränge verstrickt und verwickelt sind, dass sie gar nicht bemerken, wie der Kinderwagen bedrohlich die Stufen hinunterrollt und dann die Treppe hinunterstürzt. Die ganze Zeit über denkt man, wofür mehr könnte man kämpfen als das Leben, und jeder ist so im Kampf versunken, dass sie alle das Leben verlieren, das sie glauben, zu beschützen.

Aber in jener Nacht habe ich von etwas Schönem geträumt, schöner als ich es mir jemals hätte vorstellen können. Ich träumte, aber mir war, als würde ich unter den Sternen auf dem Boden liegen, wie ich es so viele Nächte das letzte Jahr über getan hatte. Dann fingen die Sterne an, sich zu bewegen. Sie begannen, sich im Kreis zu drehen und herumzuwirbeln und liefen dann zusammen und formten den Umriss einer Person. Dann sah ich, dass es der Umriss einer Frau war. Sie begann herabzusinken und als sie das tat, fing der Boden plötzlich an, sich zu heben, der Boden fing an, sich in Bergen zu erheben, um ihr zu begegnen. Und als sie sich berührten, meißelten sich Paläste aus ihnen heraus, um sie zu empfangen. Sie sank genau über mir herab und streckte ihre Hand aus. Sie half mir auf die Beine und wir fingen an zu laufen. Wir stiegen Treppen herauf, die aus massivem Fels gehauen waren. Meine schweren Schritte klirrten auf dem Stein, während sie mühelos über die Stufen hinwegglitt, über ihnen schwebte und mich an der Hand hielt und führte.

Dann kamen wir zu einem gewaltigen zweiflügligen Tor, das sechs Meter hoch gewesen sein muss. Mir war, als hätte ich dieses Tor schon viele Male gesehen, jedoch nie gesehen, was sich dahinter befand. Es war verschlossen, mit Ketten versehen und verriegelt und es schien keine Möglichkeit zu geben, hindurchzukommen. Dann hob sie ruhig ihre Hand und in ihrem Flüstern erkannte ich Deine Stimme und das Tor wurde weit geöffnet. Du warst die Frau. Ich hatte nicht bemerkt, wie dunkel es geworden war, dort wo wir standen, bis das Tor sich geöffnet hatte, und ich musste meine Augen vor dem hellen Licht dahinter schützen. Dann sah ich den wohl schönsten Garten. Es war ein Wald voll prächtiger Bäume und Farne und jede üppige Pflanze wiegte sich vor saftigen Früchten aus den süßesten Träumen. Es gab ein Gehege mit Tieren, die gerade auf der Wiese grasten und die, als das Tor sich geöffnet hatte, alle aufgemerkt hatten, ihre Ohren aufgestellt und ihre Augen weit geöffnet hatten. Dann wurde mir klar, was sie sahen. Ich sah Dein Spiegelbild in all ihren Augen und all ihre Vorsicht vom plötzlichen Aufruhr verschwand und sie wandten sich friedlich wieder sich selbst zu.

Dann hast Du mich über die Wiese und in den Wald geführt. Zunächst fiel es mir nicht auf, doch als Du meine Hand in Deiner hieltest, fingen wir an, über die Bäume hinwegzuschweben und über sie zu steigen. Die Bäume entfernten sich und irgendwann sahen sie wie ein einziges großes Blatt aus, wie ein dunkler tiefgrüner Teppich. Dann, als wir höher stiegen, trieben wir auseinander und in die Sterne am Himmel und ich erkannte, dass ich wach war und in die sternklare Nacht blickte.

Am nächsten Tag lief ich weiter den scharfen Grat entlang, der in eine Schlucht abfiel. Ich entdeckte eine Höhle. Ich blickte kurz hinein und erinnerte mich daran, dass die Parkrangerin mir eine Taschenlampe gegeben hatte, also kletterte ich hinein und stieg hinab in die allmählich tiefer werdenden Gänge. Es war zu umständlich, den Rucksack mitzuschleppen, also nahm ich ein paar Sachen heraus und stellte ihn in der Nähe des Eingangs ab. Dein Foto war in dem Buch, das ich gerade las, also nahm ich es und steckte es mir in die Tasche und erkundete die Höhle. Als Kind habe ich es geliebt, Höhlen zu erforschen. Ich liebte es, tief in Höhlen vorzudringen und ihre geheimen Hohlräume zu entdecken.

Ich ging so weit ich konnte, während ich mit der Taschenlampe in die weitläufigen Kammern hineinleuchtete und dabei die sanften Windungen der Höhle nachzog. Dann kam ich zu einem weiteren Gang, dem ich tiefer in die Höhle folgte. Es war, als wäre ich im Innern einer der Langlebigen Kiefern und würde durch die Jahrhunderte laufen, in denen sie gewachsen war, und den winzigen Wassertropfen folgen, die diese Höhle über Jahrtausende hinweg langsam aus dem harten Fels gewaschen hatten. Manchmal war mir, als wäre ich in einem der Äste des Baumes, wenn der Gang sich langsam verengte und ich das Gefühl hatte, ich würde in Richtung der Zweigspitze kriechen, wo ich mich dann als Blüte in den Himmel ausstrecken würde. Ein anderes Mal fühlte es sich an, als würde ich entlang der Wurzeln hinabsteigen und mich immer tiefer in den dichter und fester werdenden Erdboden graben.

Schließlich kam ich an eine Stelle, an der ich

nicht weiterkriechen konnte. Der Gang wurde zu eng, als dass ich mich hätte hindurchzwängen können. Ich leuchtete tiefer hinein und es schien, als würde die Höhle hier enden, doch sie hätte genauso gut hinter einer Biegung noch tiefer hinabführen können. Ich streckte meinen Arm durch das Loch und versuchte, die dahinterliegende Wand zu berühren, um so eine Art Abschluss zu erreichen. Mein ganzer Körper war gegen den kalten Stein gepresst, den Arm der Länge nach ausgestreckt versuchte ich, etwas Abschließendes zu berühren, doch meine Finger wedelten nur durch die Luft. Ich konnte meine Handflächen gegen die seitlichen Wände drücken, aber ich konnte keinen Endpunkt ertasten.

Da ich nicht weitergehen konnte, nahm ich das Buch aus meiner Tasche und betrachtete das Foto von Dir. Ich weiß nicht, wie lange ich es angestarrt habe, aber ich war wie hypnotisiert. Vielleicht habe ich schon fantasiert, aber manchmal war mir, als würde sich Dein Haar in dem Bild bewegen, ein dunkler Fluss auf dem ein sanfter Glanz schimmert.

Nach einer Weile fing ich an, das Buch weiterzulesen. Ich hatte es auf dem Pacific Crest Trail gefunden. Jemand hatte es in einer wiederverschließbaren Plastiktüte liegengelassen. Das Buch heißt „Dr. med. Arrowsmith" von Sinclair Lewis. In diesem Buch gibt es eine Zeile, die mich sehr beschäftigt hat. Die Figur des Martin Arrowsmith unterbricht ihr Studium während der Weltwirtschaftskrise eine Zeit lang und zieht als Landstreicher auf Zügen durch das Land. Schließlich sagt er irgendwann zu sich selbst: „Ich werde kein Sklave der Freiheit sein."

Diese Zeile ging mir nicht mehr aus dem Kopf. Ich sagte ja bereits, dass ich einen Punkt erreicht hatte, an dem ich jeden Kontakt in meinem Leben gekappt habe. Ich habe mich auf meine bloßen Knochen reduziert. Ich habe mich von allem losgemacht. Zu diesem Zeitpunkt befand ich mich tief unter der Erdoberfläche, unweit des unteren Endes einer Höhle, und hatte keine Verbindung zur Außenwelt. Ich war frei von allem. Es gab praktisch nichts außer des harten Gesteins, das mich vollständig umgab. Und mir wurde klar, dass ich es geschafft hatte, so frei zu sein, wie ich es jemals hätte sein können, ohne zu sterben. Ich bin so frei, dass ich praktisch nichts tun kann. Ich schlage nur wild um mich in der Leere, die zurückgeblieben ist, nachdem ich jeden Kontakt und jede Beziehung aus meinem Leben entfernt habe. Ohne jeglichen Halt befand ich mich in einer Art Schwebezustand.

Irgendwann muss ich beim Lesen eingeschlafen sein. Während ich schlief, hatte ich erneut einen interessanten Traum. Es ging um William Blake, nur dass ich mich diesmal nicht über ihn beschwerte, sondern er direkt neben mir saß. Ich konnte ihn klar und deutlich sehen. Er hatte den gütigsten, ruhigsten und versöhnlichsten Ausdruck im Gesicht, so wie ich ihn mir immer vorgestellt hatte und selbst als er davon sprach, wie er so viele Male gestorben war, schien er noch immer diesen strahlenden Ausdruck der Ruhe in seinen Augen zu haben. Er sah zu mir herüber und fragte: „Mein Freund, wollen wir uns dieser Leere wirklich ergeben?"

In dem Moment verschwand der Traum aus meinen Gedanken, als würde er vom Flügelschlag eines Raben verdeckt werden. Ich wurde aus dem Schlaf gerissen, aber es war, als könnte ich meine Augen nicht öffnen. Ich war völlig blind. Ich geriet nicht in Panik, aber ich war erschrocken. Dann spürte ich den kalten

Stein. Ich fühlte meine Hände gegen den Fels unter mir drücken und konnte den feinen Schotter unter meinen Handflächen spüren. Dann erinnerte ich mich, dass ich in einer Höhle war. Ich tastete den Boden ab und fand die Taschenlampe, doch sie war noch eingeschaltet gewesen, als ich eingeschlafen war, und nun waren die Batterien leer. Ich war im Innern einer mir unbekannten Höhle und hatte kein Licht. Ich hörte kein einziges Geräusch bis auf meinen Atem und meine Hände, die sich in der Dunkelheit vortasteten.

Ich tat alles, was ich konnte, um nicht in Panik zu geraten. Ich gebe zu, zu diesem Zeitpunkt hatte ich das Gefühl, das sei alles, was ich tun konnte. Ruhig zu bleiben, verlangte mir alles ab. Ich musste all meine Sinne auf mich konzentrieren, auch wenn mein wichtigster Sinn, das Sehen, völlig nutzlos war.

Ich kroch erst einmal aus dem Gang heraus, den ich hinabgestiegen war und versuchte, einer vagen Erinnerung zu folgen und mich vorsichtig an den Wänden entlangzutasten. Ich kam nur sehr langsam voran, aber da der Gang recht schmal war, war es nicht allzu schwierig. Dann wurde der Gang breiter und ich tastete mich mit einer Hand am Boden und einer Hand an der Wand weiter vor.

Als ich weiterkroch, versuchte ich die andere Seite des Ganges zu berühren, doch sie war zu weit entfernt, bis ich begriff, dass ich kreuz und quer durch eine große Kammer kroch. Mir wurde klar, dass ich jeglichen Orientierungssinn verloren hatte und nicht einmal mehr wusste, in welcher Richtung der Gang lag, aus dem ich gekommen war, ganz zu schweigen von der Richtung, in der der Ausgang lag. In dem Moment lag ich einfach nur da, starrte ins Nichts, hörte nur die Stille und spürte nur mich selbst.

Ich drehte mich auf die andere Seite und spürte das Buch in meiner Tasche und dachte an das Foto von Dir. Ich zog es heraus, aber ich konnte es nicht sehen. Ich konnte die glatte Oberfläche des Papiers fühlen und strich sanft mit meinen Fingerspitzen darüber, in der Hoffnung, dass sich so vielleicht Deine Gesichtszüge hervorheben würden. Ich hatte das Gefühl, die Höhle würde mich mehr und mehr umschließen, als würde die Dunkelheit zu Stein werden. Ich musste die Möglichkeit in Betracht ziehen, dass ich hier sterben könnte.

Ich schlief vor Erschöpfung ein. Ich kann mich

an keine Träume erinnern, aber als ich aufwachte, konnte ich Wasser hören. Ich hörte ein langsames Tropfen. Ich konnte kleine Tropfen auf Stein fallen hören. Ich versuchte, festzustellen, woher das Geräusch kam, aber es schien aus allen Richtungen zu kommen. Draußen musste es angefangen haben zu regnen und obwohl mir bewusst war, dass ich mich in großer Gefahr befand, da die Höhle überflutet werden könnte, kam ich nicht umhin, zu bemerken, wie schön das Tropfen klang. Zuerst war es einfach nur ein Trommeln auf den Fels, ein leises Plätschern, dann begannen sich kleine Pfützen zu bilden und die Tröpfchen klangen wie Musik, die durch die Dunkelheit rieselte und an den Wänden der Höhle widerhallte. Ich kroch zu einer der kleinen Wasserlachen und trank daraus. Ich konnte das Wasser sogar riechen. Es roch nach Himmel. Es roch nach draußen. Dann glaubte ich für eine Sekunde, das leise Rauschen eines Flusses in der Ferne zu hören. Dann hörte es auf. Ein paar Minuten später hörte ich es wieder und mir wurde klar, das war kein Fluss, das war Donner.

Langsam kroch ich in die Richtung, aus der das Geräusch kam. Ich hielt inne und wartete, wenn ich unsicher wurde, aber dann hörte ich es wieder und es wurde lauter. Da wusste ich, dass ich einen Weg gefunden hatte, wie ich aus der Höhle herausfinden konnte.

So kroch ich weiter und als ich einmal den Kopf hob und auf das Geräusch wartete, sah ich den Umriss des Höhleneingangs aufleuchten. Blitze zuckten durch den Himmel. Ich sah den Blitz nicht direkt, aber das Licht war so hell, dass es mir in den Augen wehtat. Für eine Weile konnte ich das Nachbild des Umrisses vom Höhleneingang in jeder Richtung langsam verblassen sehen. Ich kroch näher heran und ein Blitz ließ den Eingang erneut aufleuchten. Es war ein überwältigendes Gefühl, in den Regen hinauszutreten, ein Gefühl als würde mir die ganze Welt offenstehen. Es war immer noch Nacht, doch dann zuckten Blitze auf und für einen kurzen Augenblick war es taghell. Um vom Regen nicht allzu nass zu werden, kroch ich zurück in den Höhleneingang. Ich zog das Foto von Dir heraus und hielt es in meiner Hand. Mit jedem Blitz leuchtete plötzlich Dein Gesicht vor mir auf. Ich schwöre, jedes Mal, wenn es aufblitzte, wurde Dein Lächeln etwas stärker und gütiger.

Es fühlt sich seltsam an, das zu schreiben, während ich draußen im warmen Sonnenschein sitze. Der Sturm ist weitergezogen und wenn ich über meine Schulter blicke, kann ich den Eingang zur Höhle sehen, wo ich letzte Nacht herausgekommen bin. Ich habe mich entschieden, zurückzukommen. Nach meinem letzten Brief wäre ich nicht überrascht, wenn Du mich nie mehr wiedersehen willst. Aber mir ist etwas klar geworden. Ein Satz kam mir in den Sinn, als ich, nahezu allen Sinnen beraubt, die ich von der Welt um mich herum hatte, durch die Höhle gekrochen bin und ich von mir selbst nichts bis auf einen verblassenden Gedanken in der kalten Dunkelheit wahrnahm und mir immer wieder sagte: „Ich bin bereit, aufzuhören, in der Ferne zu suchen, und anzufangen, zu sehen, was direkt vor mir ist."

Bevor ich die Regentropfen in die Höhle sickern hörte, war ich nicht weit vom Ausgang entfernt. Die Stunden, die ich durch die Dunkelheit gekrochen war, hatten mich dem Ort nähergebracht, zu dem ich wollte. Doch ohne zu wissen, wo der Ausgang ist, auch wenn ich ihm noch so nahe war, hätte ich genauso gut Millionen von Kilometern von ihm entfernt sein können und es hätte keinen Unterschied gemacht.

Als ich den Ausgang der Höhle gefunden hatte, wusste ich es wie nichts anderes, ich konnte es fühlen, ich konnte die Erleichterung fühlen und mit dieser Erleichterung konnte ich an nichts anderes denken als an Dich. Jetzt weiß ich es. Ich weiß, dass ich nicht Dir gehören kann. Auf jeden Fall will ich nicht, dass Du mir gehörst. Ich könnte Dich niemals besitzen. Ich würde es niemals wollen. Aber ich hoffe, dass wir vielleicht, nur vielleicht, zusammen sein werden.

Jetzt mehr als jemals zuvor sende ich Dir, Zoe, diesen Brief, zusammen mit meiner Liebe,

Weldon

* * * * *

Über den Autor

Garrett Buhl Robinson ist in Trussville, Alabama, USA, geboren und aufgewachsen. 1992 sprang er auf einen Kohlenzug auf und reiste ein Jahr lang quer durchs Land. Kurze Zeit später zog er an die Westküste der USA, wo er sich mit diversen Jobs seinen Lebensunterhalt verdiente, während er sich intensiv mit dem Schreiben beschäftigte und sehr produktiv war. Zurzeit lebt er in New York City.

Über die Übersetzerin

Katharina Bera wurde in Berlin geboren und ist in Brandenburg aufgewachsen. Sie hat Romanistik und Öffentliches Recht an der Universität Rostock studiert und verbrachte ein Auslandssemester an der Universidad de Playa Ancha in Valparaíso, Chile. Heute ist sie als Freie Lektorin und Übersetzerin tätig. Neben dem Korrektorat und Lektorat von Manuskripten, Sachtexten, Studienarbeiten und Webseiten übersetzt sie zudem Texte aus dem Englischen und Spanischen ins Deutsche.

www.lektorat-bera.de